1

Oxford Enigma

⊕ tredition

© 2024 Luise Stopfer, Helene Jurkat, Tessa Pallas, Linda Fischer, Lela Lorenz, Phoebe v. Barfus

Lektorat von: Sandra Altmann

Herausgegeben von: Gymnasium LSH Marquartstein, Neues Schloss 1, 83250 Marquartstein

Druck und Distribution i. Auftrag der Autorinnen:

tredition GmbH, Heinz-Beusen-Stieg 5, 22926 Ahrensburg, Deutschland

1. Kapitel – Harper

Das Knarzen des Fensters ließ mich aufschrecken. Ich blickte auf die Uhr in meinem Zimmer und erschrak. Schon wieder hatte ich verschlafen! Eilig stieg ich aus dem Bett, zündete meine Öllampe an, zog mein Nachtgewand aus und wechselte in das abgetragene Kleid, das für meine Arbeit vorgesehen war. Leise stapfte ich die Treppe zum Garten hinunter, um meinen Nachttopf zu leeren. Auf gar keinen Fall wollte ich meine kleine Schwester wecken, die noch seelenruhig schlief. Wie jeden Morgen schaute ich kurz in ihr Zimmer, um mich zu versichern, dass es ihr gut ging. Sie war so ein schlaues Kind, weshalb ich mir sehnlichst wünschte, dass sie irgendwann die Möglichkeit bekäme zu studieren. Dies könnte ich ihr ermöglichen, falls sich mein Traum, Anwältin zu werden, eines Tages erfüllte. Dafür würde ich sogar viele Hürden in Kauf nehmen. Auch an den schlimmsten Tagen, an denen ich am liebsten aufgeben würde, hält mich der Gedanke auf eine bessere Zukunft am Leben. Jeden Tag gehe ich zur Arbeit, wo mein Vater ein strenges Regiment führte.

Meine Schicht in der Bäckerei begann um 4 Uhr morgens. Der vertraute Geruch von frischem Brot stieg mir in die Nase, als ich die Tür zur kleinen Backstube öffnete. Diese befand sich direkt unter unserer Wohnung. Auch wenn mein Vater und ich oft in Streit gerieten, fühlte ich mich hier wohl. Ich liebte den Geruch von frischem Brot, es zeigte einem, dass man aus nur wenigen Zutaten etwas Erstaunliches erschaffen kann. Früher war mein Vater noch nicht so griesgrämig, aber das lag auch daran, dass wir damals nicht so knapp bei Kasse waren. Sofort machte ich mich an die Arbeit und bereitete den Teig vor, bevor mein Vater wieder behaupten konnte, dass ich nur blöd rumstehe. Ich kannte schon seit meiner Kindheit hier jede einzelne Kante und Ecke und wusste genau, was zu erledigen war.

Zwei Stunden später, pünktlich um 6.00 Uhr morgens begann unser Verkauf. Längst war ich fertig. Einer nach dem anderen kam herein und kauften sich die teuren Brötchen.

Aber eine Frau fiel mir an diesem Morgen besonders auf: Sie hatte schönes blondes Haar und ein rundes Gesicht. Was mich aber besonders auf sie aufmerksam machte, war, dass sie nicht zu mir an die Theke kam, sondern ohne zu schauen, an mir vorbei, nach oben ging. Dies verwirrte mich so sehr, sodass ich beinahe vergaß meine Kunden zu bedienen. Schnell widmete mich wieder meinen Kunden, bis eine weitere Frau die Bäckerei betrat, deren auffälligstes Merkmal ihre roten Locken waren. Sie ging ebenfalls die Treppe hinauf. Dies wiederholte sich noch ein weiteres Mal, als eine dunkelhäutige Frau, auch jung und sehr schick bekleidet die

Bäckerei betrat. Auch sie stieg – ohne etwas zu kaufen – die Treppe in den ersten Stock hinauf. Was ging hier vor? An wen bloß hatte mein Vater diesmal den Raum über der Bäckerei vermietet? Ich geriet schon wieder ins Grübeln. Ich schüttelte mich kurz, um mich weiterhin auf meine Kundschaft konzentrieren zu können. Dabei fiel ein, dass ich ganz vergessen hatte eine Hochzeitstorte für die Abholung vorzubereiten. Ich sprintete ins Lager und sammelte all meine Kraft, um die vierstöckige Torte zu tragen. Schritt für Schritt machte ich mich auf dem Weg in den Verkaufsraum. Ich hatte es fast geschafft, als eine Dame von eher kleiner Statur an mir vorbeiflitzte. Ich verlor das Gleichgewicht und die Torte landete auf dem Boden. Wer auch immer das war, hat mir eindeutig meinen Tag versaut! Vor mir breitete sich ein Meer aus Marzipan und Sahne aus, das würde Ärger geben.

Kapitel 2 - Juliette

„Kannst du nicht aufpassen!", ich erhob mich, und das Erste, was mir auffiel, war ein abgetragenes, dreckiges Kleid. Erst dann sah ich das Gesicht mit den langen schokoladenbraunen Haaren mit etwas Mehl an den Wangen. Da war dieses nutzlose Bäckersmädchen mit einer Hochzeitstorte in den Händen doch urplötzlich in mich hineingestolpert. Um Himmels Willen, jetzt hatte ich auch noch einen weißen Sahnefleck direkt auf dem aufwendig gestickten Mieder meines Kleides, nun war mein Tag endgültig ruiniert. Aber keinesfalls wollte ich zu spät zu unserer ersten Vorlesung an der ersten Universität für Frauen in Oxford kommen, also rannte ich weiter. Ich stürmte die Treppe hinauf, durch die hellbraune Holztür, in das Zimmer über der Bäckerei. Völlig außer Atem schaute ich in den Raum, wo sich in der Mitte mehrere Bänke mit Tafel befand. Die Stühle hinter den Bänken waren jedoch schon besetzt. Bis auf einen. Ich bemerkte, dass ich die Letzte der neun Studentinnen sein musste, die die Universität aufgenommen hatte. Ich war so stolz auf mich. Dabei erinnerte ich mich, als ich den Brief öffnete, der meine Zukunft bestimmen würde. Meine Eltern waren nicht begeistert.

Das Nächste, was mir in den Blick fiel, war ein einfach, aber edel gekleidetes Mädchen. Sie war dunkelhäutig. Normalerweise kannte ich es nur so, dass Menschen dieser Art meine Bediensteten waren und keinerlei Bildung hatten. Aber das Mädchen, das vor mir saß, sah stolz aus, obwohl sie wirkte, als wäre sie fehl am Platz. Sie hob ihr Kinn, bemühte sich offenbar darum, selbstsicher aufzutreten, dennoch wirkte sie wie verloren. Die zweite Frau, die mir in den Blick fiel, hatte feuerrotes Haar, eine blasse Haut und meeresblaue Augen. Sie trug Unmengen an Schmuck um ihren Hals und ihre Arme, außerdem ein kostspieliges blaues Kleid, das zu ihren Augen passte. Sie strahlte eine Überheblichkeit aus, wie ich sie nur aus den höchsten Gesellschaften kannte. Ich setzte mich also auf den letzten noch freuen Stuhl und realisierte, dass eine Frau mich musterte. Sie hatte lange blonde Locken und trug ein einfaches, hochgeschlossenes Kleid, als würde sie von einer Familie mit wenig Geld kommen. Erst jetzt fiel mir auf, dass die Frau gar nicht mich anschaute, sondern durch mich hindurchsah. Ein hochgerutschter Ärmel gab den Blick auf unzählige blaue Flecken frei. Als ich genauer hinsehen wollte, begann der Professor vorne an der Tafel zu sprechen.

Kapitel 3 - Frank:

Ich reinigte Skalpell und Pinzette mit Alkohol und deckte die Leiche vorsichtig wieder zu, um sie ins Kühlhaus zurückzubringen.

Heute war ein anstrengender, aber auch ein gewinnbringender Tag gewesen: Die halbmondförmigen Hämatome, die wir unter den Haaren des mutmaßlichen Selbstmordopfers sicherstellen konnten, könnten den Herren Kommissaren helfen zu beweisen, dass eine Fremdeinwirkung nicht vollends auszuschließen ist, so überlegte ich und ließ meinen Blick ein letztes Mal über die im Halbdunkel friedlich ruhenden Toten wandern.

Beinahe wie in einem Schlafsaal lagen sie da, unter ihren Tüchern, nur dass die Gäste hier im Forensik-Institut Oxford nur selten ihre Betten verlassen.

„Na, Mr. Napier!," blökte da mein Assistent aus dem Obduktionssaal. „Ich wollte gerade Tee aufsetzen, möchten Sie auch eine Tasse?"

„Gern!" rief ich. Normalerweise trank ich während meiner Arbeit nur schwarzen Kaffee, aber am Abend griff ich dann doch lieber zu einer Tasse gutem Schwarztee aus Cornwall mit etwas Milch und

Zucker. Im Büro wartete Barney schon mit zwei dampfenden Tassen. Ich goss uns etwas Milch dazu.

Müde ließ ich mich in meinen Ledersessel hinter dem Schreibtisch fallen und griff nach der Abendzeitung. Beim Lesen fiel mir eine Schlagzeile besonders ins Auge:

„Lady Margaret Hall - Eröffnung des ersten Colleges in England nur für Frauen!" So hieß es und weiter konnte ich lesen: „Zwölf junge Schülerinnen bilden den ersten Jahrgang des neuen Colleges in Oxford."

„So ein Schwachsinn!" beschwerte sich Barney, der über meine Schulter hinweg mitgelesen hatte.

„Das weibliche Gehirn ist doch gar nicht für akademisches Wissen ausgelegt! Am Ende nehmen die uns unsere Arbeit weg. Und wer kümmert sich dann um die Kinder? Ich finde jeder sollte das tun, was er am besten kann." Er schlürfte Tee.

Ich rieb mir die Augen: „Nun, gib ihnen eben eine Chance, wenn man sie nicht lernen lässt, kann man schließlich auch nicht wissen, ob sie dafür geeignet sind", versuchte ich einzulenken. „In unseren Zeiten brauchen wir kluge Köpfe. Es wäre ein Frevel, würden welche unerkannt verkümmern, weil die Männerwelt denkt, sie taugen nur zum Kinderwickeln."

Die jungen Damen auf der Photographie machten einen entschlossenen und tapferen Eindruck, der mich lächeln ließ. Sollte ich je eine Frau haben, dann möchte ich mich auch gut mit ihr unterhalten können, wurde mir in dem Moment klar.

Eine der Schülerinnen machte einen geradezu wilden Eindruck: Ohne Scheu starrte sie in die Kamera, ihre wilden Locken schienen sich aus dem ordentlichen Knoten befreien zu wollen.

Eine andere wiederum blickte nur scheinbar in Richtung Kamera, ja es wirkte mehr so, als würde sie durch sie hindurchschauen. Sie hatte etwas an sich, das schwer zu beschreiben war. Bildete ich mir das alles nur ein? Eine der jungen Frauen auf der verwackelten Photographie wirkte wie jemand, der immer auf der Hut war, immer auf alles gefasst.

Wer weiß, was sie bislang erlebt hat, aber eins ist offensichtlich: ihr gehetzter, leerer Blick tut ihrer Schönheit keinen Abbruch.

Kapitel 4 - Florence

Erschöpft quälte ich mich aus meinem mehrlagigen und vollkommen überteuerten Kleid und dem ganzen Schmuck, der eigentlich nicht meinem Geschmack entsprach, aber äußerst nützlich war, um den Schein eines perfekten Lebens einer reichen, jungen Dame zu wahren. Ich zog mir mein Nachtgewand an und machte es mir mit einer Tasse Tee in meinem alten Sessel bequem. Nachdenklich schaute ich den bunten Blättern zu, die draußen vor meinem Fenster flogen, und griff nach dem Notizbuch, das mir mein Bruder geschenkt hatte. Das Buch ist eines der wenigen Dinge, die mir von ihm geblieben sind. In dem Buch standen all meine Gedanken und Erlebnisse des letzten Jahres. Ich ließ die zurückliegende Woche in meinem Kopf Revue passieren. Viel war passiert, angefangen bei meinem ersten Tag in der neuen und ersten Universität für Frauen in England, wo ich mich angemeldet hatte und angenommen wurde — worauf ich sehr stolz war - und aufgehört bei der Freundschaft zu Juliette, die ich gleich hatte knüpfen können. Juliette, eine aufgeweckte junge Dame in meinem Alter, die sich gleich am ersten Tag, nachdem sie mehrere Minuten zu spät kam, damit abmühte einen weißen Fleck von ihrem Kleid zu wischen und die teilweise verachtenden Blicke mit stolz erhobenem

Kinn ertrug. Man merkte ihr an, wie stolz sie war, hier zu sein und dass sie sich durchaus bewusst war, damit eine der herausragendsten Frauen des Landes zu werden. Ihre Art war mir sofort sympathisch und so dauerte es nicht lange, bis wir uns angeregt unterhielten und jeden Tag über aktuelle Themen aus der Zeitung diskutierten. Man merkte ihr ihr Interesse an Bildung sofort an. All dies schrieb ich in das mittlerweile abgegriffene Ledernotizbuch in meinem Schoß. Nach kurzem Überlegen fügte ich dem Geschriebenen noch hinzu, wie überaus lehrreich der Unterricht war. Wir beschäftigten uns momentan mit dem Deutschen Philosophen Theodor Lipps und der Frage, ob wir intuitiv denken oder ob unser Denken logischen Gesetzen folgt. Dies war ein Thema, das mich und auch die anderen Studentinnen merklich interessierte, worüber unser Professor sehr erfreut war. Müde schrieb ich den letzten Satz für heute nieder und schaute erneut durchs Fenster nach draußen, wo es mittlerweile dunkel geworden war. So erfrischend, interessant und überaus lehrreich der Unterricht des Professors auch war, er strengte mich auch an und das Allein-sein verbesserte dies nicht gerade. Manchmal drohte die Einsamkeit mich zu erdrücken. Ich hatte die Wohnung hier in Oxford von meinem Erbe be-zahlt. Es tat mir gut, wieder eine feste Heimat zu ha-ben, aber trotzdem flossen nun stumme Tränen über meine Wange. Fest umklammerte ich das No-tizbuch. Ich vermisste meine Eltern und meinen äl-teren Bruder so sehr, dass ich manchmal nicht wusste, wie ich weiter machen sollte. Ich versuchte, die Gedanken an meine Familie und den Unfall so gut es ging zu verdrängen, aber manchmal wollte es einfach nicht klappen. Manchmal überkam mich nicht nur eine unendliche Traurigkeit, sondern auch eine unsägliche Wut. Warum hatte der Kutscher die Kutsche meiner Eltern bei einem Ausweichmanöver

in den Abgrund gelenkt und warum war ausgerech-
net er der einzige Überlebende dieses Unfalls? Mit
tränennassen Wangen ging ich zu Bett und versuchte mich abzulenken, versuchte mir klarzuma-
chen, warum ich all das hier tat. Ich wollte mir, meiner Familie und der ganzen Welt beweisen, dass
eine Frau in einer von Männern diktierten Welt gut
allein zurechtkommen kann. Dieser Gedanke, dieses Ziel, gab mir den Mut und die Kraft weiterzuma-
chen. Mit diesem Gedanken schlief ich ein.

Kapitel 5 - Heather

Ich kniff meine Augen zusammen und ließ alles
über mich ergehen. Worauf sollte ich hoffen? Dass
es schnell vorbei ging oder ich ohnmächtig werden
würde? So war es letztes Mal. Es kam nicht mal
das kleinste Wimmern über meine Lippen, selbst
dann nicht, als mein Kopf mit solch einer Wucht

nach links flog, dass ich Punkte vor meinen Augen tanzen sah. Die Genugtuung gönnte ich ihm nicht. Ich tat etwas, was ich vorher nie gewagt hatte. Ich schwieg. Ich schwieg weiterhin, wohlwissend dass es ihn noch mehr provozierte, weil er es als Widerspruch und Respektlosigkeit auffassen würde. Weitere Tritte und Schläge folgten. Doch nur über meine Leiche würde ich dem zustimmen, was er mich Minuten zuvor zwingen wollte, zu sagen. Ich sollte aufhören zu studieren. Doch das kam nicht in Frage. Meinen Widerstand musste ich mit einem Tritt in den Magen zahlen. Der Schmerz zwang mich in die Knie. Saure Galle stieg meine Speiseröhre hoch und mir wurde speiübel. Mit Tränen in den Augen starrte ich zu ihm hoch, fassungslos, wie man seine eigene Tochter so sehr verachten konnte. Sein eigen Fleisch und Blut! Er schenkte mir einen letzten hasserfüllten Blick, um mich anschließend auf den kalten Fliesen liegen zu lassen.

Eine Versagerin nannte er mich. Erschöpft ließ ich meinen Kopf auf den Boden sinken. Ich hatte keine Kraft mehr aufzustehen, um meine Wunden zu versorgen. Dabei hatte die Woche so vielversprechend angefangen. Lange hatte mich nichts so mit Freude und Zuversicht erfüllt, wie dieses Studium. Alles, was sie uns lernten, zog ich wie ein Schwamm in mich auf. Ich wollte nichts verpassen, mich voll und ganz auf den Lerninhalt konzentrieren. Das erste Mal in meinem Leben hatte ich nicht das Gefühl, nur zu überleben, sondern wirklich zu leben. Umso mehr ärgerte es mich, dass ich während der Vorlesungen mit meinen Gedanken immer wieder abschweifte, im Unwissen darüber, ob Juliette die blauen Flecken entdeckte, die ich jeden Tag zu verbergen versuchte. Das Gespräch mit ihr und Florence war erstaunlich angenehm gewesen. Sie waren genauso wissbegierig wie ich, wir diskutierten über die aktuelle Zeitung. Doch musste ich solche Gespräche zukünftig unterbinden, das hatte ich mir vorgenommen. Niemand durfte erfahren, wie es mir erging, das wäre mein Untergang. Ächzend versuchte ich mich aufzurichten. Meine Beine zitterten vor Erschöpfung. Tränen schossen mir in die Augen, mein ganzer Körper fühlte sich an, als würde er in Flammen stehen. Vorsichtig machte ich ein Schritt nach dem andern, um nach oben in mein Zimmer zu gelangen. Mit letzter Kraft öffnete ich die Tür. Drinnen erwartete mich schon mein Dienstmädchen Aurora. Aus mitleidigen Augen starrte sie mich an. Sie hatte alles mitbekommen, wie immer. Sie half mir meine Wunden zu versorgen, wie immer. Sie konnte nichts ausrichten, wie immer. Sie versprach Stillschweigen, wie immer. Wir hörten erneut meinen Vater nach mir schreien. Wie immer.

Kapitel 6 - Harper

Eilig zog ich mich für den bevorstehenden Tag an. Gerade jetzt aufgrund des herbstlichen Wetters war mein Vater an einer Grippe erkrankt. Das hieß doppelte Arbeit für mich, wobei er ganz genau darauf achtete, dass ich alles korrekt zubereitete. Was mir grade noch fehlte, war, dass er mich ansteckte. Das hieß nämlich, dass wir die Backstube auf kurze Zeit schließen müssten. Somit hätten wir keinen Umsatz mehr, aber genau den haben wir im Moment bitter nötig. Wie jeden Morgen machte ich mich auf den Weg die benötigten Zutaten ins Haus zu bringen, um die Brötchen frisch zu backen. Hüpfend sprang ich den Pfad aus Steinen zum Lager im Garten. Der Wind wehte mir eisig entgegen. Zügig griff ich nach den Zutaten und machte mich auf den Rückweg. Die Arbeit ging mir schnell von der Hand. Anschließend belud ich den Bollerwagen mit den frisch gebackenen Brötchen. Wie immer brachte ich frische Ware zu unseren treusten Kunden, zuerst zu den Ciels. Um diese abzuliefern, besitzen wir mittlerweile sogar schon einen Schlüssel, um selbstständig ins Haus zu gelangen. Das Anwesen der Ciels mit seinen prächtigen Farben war wunderschön und so groß, dass man sich geradezu verlaufen könnte. Vorsichtig schloss ich auf, um niemanden zu wecken und suchte den Weg zur Küche. Normalerweise übernahm mein Vater das Ausliefern der Brötchen, weshalb ich auf dem Anwesen wenig Orientierung besaß. Ich betrat einen Raum, in dem ich die Küche vermutete. Aber ich fand nicht das vor mir, was ich erwartet hatte...Scherben bedeckten den kostbaren Boden, während sich mir ein grauenvolles Bild bot. Edward Ciel lag regungslos vor meinen Füßen. Sein blasses Gesicht und ein trüber Ausdruck in seinen Augen sprachen dafür, dass er tot war. Ich konnte diesen Anblick nicht länger ertragen. Panisch versuchte ich zu atmen. Schnell wie nie zuvor in meinem Leben rannte ich auf wackeligen Beinen hinaus. Fieberhaft überlegte ich, was ich jetzt tun sollte. Ich hatte eine Leiche gefunden, einen toten Menschen. Niemals würde ich dieses Bild wieder aus meinem Kopf bekommen. Panik stieg in mir auf. Noch einmal wagte ich mich ins Haus, um nach einem Telefon Ausschau zu halten. Ich musste so schnell wie möglich die Polizei informieren. Endlich entdeckte ich in der Lobby ein Telefon. Mit zitternden Händen hielt ich den Hörer, ich sprach hinein und wartete, bis die Gendarmerie erschien. Danach machte ich mich wie in Trance nach Hause.

Als ich endlich vor der Backstube stand, fing ich lautstark zu weinen an. Vor Erschöpfung ließ ich mich auf den Boden fallen. Ich spürte eine sanfte Berührung an meiner Schulter. Als ich aufsah, strahlte mich eine schwarze Frau an. Sie hatte wunderschöne dunkle Locken. Irgendwie kam sie mir bekannt vor. Sorgenvoll schaute sie auf mich herab und fragte mich nach meinem Befinden. „Ich habe gerade etwas gesehen, das ich nicht hätte sehen wollen", antwortete ich ihr. Die schöne Fremde nickte mir aufmunternd zu und brachte mich tatsächlich dazu, ein wenig zu lächeln. Sie war mir auf den ersten Blick sympathisch und ich wollte mehr über sie erfahren: „Woher kommen Sie, wenn ich fragen darf?"

Sie erzählte mir einiges über ihre Familie und auch davon, dass sie begonnen habe zu studieren. „Studieren? Wo kann man denn als Frau studieren?", fragend sah ich sie an.

Die Fremde lächelte und gab mir bereitwillig Antwort: „Es wurde doch oberhalb der Backstube erst kürzlich die erste Universität für Frauen eröffnet! Und ich bin eine der ersten Studentinnen!" Deshalb also gingen diese Frauen jeden Morgen zu uns in den Raum. „Studieren wäre auch mein größter

Traum! Jetzt muss ich aber weiterarbeiten, ehe sich mein Vater über mich beklagt!"

Kapitel 7 – Willow

Seit Stunden schon stand ich auf dem Wellington Square, Häuserfluchten auf der einen, der Park auf der anderen Seite, der aber um diese Jahreszeit an Attraktivität verlor. Dort erhob sich das erste Gebäude der Oxford Universität. Unbeugsam, unveränderlich, unüberwindbar standen die Mauern da, genau wie die eisernen Tore, die den Eingang der Allgemeinheit versperrten. Die Oxford University war auch nur eine weitere der Universitäten, die Frauen keine Aufnahme ermöglichten. Mein Blick wanderte zu einem Zeitungskiosk: „Somerville Hall! Eine Universität für Frauen eröffnet ihre Tore dem weiblichen Teil der Gesellschaft!", so entzifferte ich eine der Schlagzeilen, die auf der Titelseite prangte.

Obwohl dieses Ereignis inzwischen bereits eine Woche zurücklag, war es immer noch in aller Munde.

Es war eine Sensation, und auch ich war meinem Traum ein Stück näher gekommen - durch meine Aufnahme an der Somerville!

Noch waren die Preise der Studienplätze für Frauen für die durchschnittliche Bevölkerung unbezahlbar. Sofern die jetzigen Schulen allerdings Erfolg zeigten, wäre es nur eine Frage der Zeit, bis weitere Universitäten für Frauen folgen würden.

Gedankenverloren ergriff ich die nächste Zeitung. Oberflächlich blätterte ich durch die ersten paar Seiten, um zu sehen, welches Thema noch potenzielle Kunden zu einem Kauf anregen könnten. Beinahe unmittelbar wurde meine Aufmerksamkeit allerdings von der Überschrift der zweiten Seite auf sich gezogen: „Ermordung von Edward

Ciel! Französischer Diplomat tot in seinem Haus aufgefunden!"

Kapitel 8 Frank

Es war noch nicht einmal halb acht, als mir klar wurde, dass jener Tag bereits all sein Potential vertan hatte. Es begann damit, dass meine Lieblingspantoffel endgültig aus dem Leim gegangen waren, was an sich schon eine kleine Tragödie war. Leider erfuhr ich den Zustand meiner Hauschuhe, indem ich mit der gelösten Sohle an der Stufe vor meiner Bürotür hängenblieb.

Zu allem Überfluss schüttete ich bei meinem höchst uneleganten Sturz meinen frischgebrühten Kaffee über meine Notizen. Nachdem ich also mit übler Laune die Sauerei beseitigt und das Ableben meiner Hausschuhe ausgiebig betrauert hatte, setzte ich mich endlich an meinen Schreibtisch.

Ich nippte an einer Tasse Tee, die ich offenbar vor Tagen auf dem Schreibtisch vergessen hatte. Der Tee schmeckte grauenvoll.

Resigniert lehnte ich den Kopf auf die Tischplatte und schnippte ein Papierknäul Richtung Müll. Als ich dem Knäul hinterherblickte, wie er am Mülleimer abprallte, kamen mir die Ereignisse vom Vortag wieder in den Sinn, was meiner strapazierten Laune auch nicht gerade zuträglich war. Man hatte gestern einen Mann tot in seiner Wohnung aufgefunden und ohne große Umschweife seine Ehefrau festgenommen. Ich war dazugestoßen, als man die Ärmste grob an den dünnen Oberarmen packte und abführte. Sie hatte sich nicht einmal gewehrt, was vermutlich einem Schockzustand zuzuschreiben war, immerhin hatte sie eben ihren Gatten ermordet in deren gemeinsamer Wohnung vorgefunden.

Bei der Verhaftung der jungen Witwe trat doch

tatsächlich ein Officer in die Blutlache des Toten und stolperte über die Scherben einer zerschellten Teetasse, die der Sterbende wohl fallen gelassen hatte. Fläche und Streuwinkel der beiden möglicherweise wichtigen Beweismaterialien konnte ich daher nur schätzen.

Bei diesen Gedanken kamen die Wut und die Verwirrung ob dieser beispiellosen Unprofessionalität meiner Kollegen wieder in mir hoch, ganz zu schweigen von fehlenden Manieren oder gar Betroffenheit, die sie der jungen Witwe hätten entgegenbringen müssen, immerhin wurde sie noch gar nicht befragt und vernommen, sondern schlichtweg verurteilt.

Ich seufzte und starrte verzweifelt in meinen Tee, doch der waberte nur bräunlich-grau vor sich hin und wollte mir keine Lösung preisgeben. Schließlich gab ich mir einen Ruck und schlug meine

Notizen vom Tatort auf, in der Hoffnung, ihnen trotz der Umstände etwas Vernünftiges entnehmen zu können. Notgedrungen hatte ich vor Ort alles aufgeschrieben, was mir auf Anhieb auffiel. Nicht mal die Untersuchungskommission hatten die Kollegen vorbeigeschickt. Sie waren doch für gewöhnlich viel sorgfältiger!

Außerdem wollte ich auf jeden Fall nachprüfen, ob es die Physik an sich zuließ, dass jene fast schon magere Frau einen sechs Fuß großen Mann derart effektiv niedersticht.

Notizen zum Fall Ciel:

Man rief mich zu einem Tatort, damit ich mir die Leiche eines jungen Mannes anschaue und erste Auffälligkeiten dokumentiere. Inzwischen am Fundort (einem großen Anwesen in Oxford, Bewohner vermutlich Oberschicht) angekommen, scheint es mir

jedoch, als käme man auch gut ohne meine Exper-
tise zurecht. Ja, es macht gar den Anschein, als hät-
ten die Officers mich nur der Form halber herbeor-
dert. Apropos Form: Die Kollegen gehen heute
Abend meiner Meinung nach ganz und gar nicht
ordnungsgemäß vor; sie trampeln förmlich durch
die Räume und achten nicht darauf, mögliche Indi-
zien unberührt zu lassen, geschweige denn zu si-
chern und anschließend mitzunehmen.

Ich versuche trotz, oder gerade wegen des Chaos
schnell meine Arbeit zu machen.

Die Leiche, circa Sechs Fuß groß, liegt seitlich auf
dem Bauch, das Gesicht halb nach unten auf dem
Teppich liegend, den linken Arm ausgestreckt, wie
um einen Sturz abzufangen. Rund um selbige Hand
liegen die Splitter einer zerschellten Teetasse (ver-
mute aus der Burleigh-Manufaktur).

Die Blutlache, in der der junge Mann liegt, war -zu-mindest bevor einer der Officer hineingetreten ist, circa zehn mal zehn Inch groß, was bei diesem flau-schigen Teppich sicher zu einem letalen Blutverlust geführt haben muss. Weitere Blutspritzer an den umliegenden Wänden legen nahe, dass das Opfer mit entschiedenen Messerstichen in Hals und Kehle zu Fall gebracht worden war. Ohnmacht und an-schließender Exitus müssen nach wenigen Minuten aufeinander gefolgt sein.

Bei Verletzung der Carotis ist die Zeit dementspre-chend zu verkürzen.

Die Tat kann nicht länger als sieben Stunden her sein, da das Blut noch relativ frisch ist und sich die Leichenstarre noch nicht gelöst hat.

Ich rieb mir die Schläfen. Eine Eifersuchtstat konnte man allein mit etwas Menschenkenntnis

ausschließen. Es wirkte mehr wie eine sauber aus-
geführte Exekution. Der Täter hatte keinen Wert
darauf gelegt, ein letztes Mal mit dem Opfer zu
sprechen. Rache oder Genugtuung gehörten meiner Meinung nach also nicht zu möglichen Motiven.
Und wieder hätte ich meine Kollegen würgen können!

Es hätte ein glasklarer Fall werden können, das
nicht gesammelte Beweismaterial aber wird den
Prozess der Aufklärung unnötig in die Länge ziehen.

Da hatte ich eine Idee, die mich böse lächeln ließ:
Bei der Obduktion würde ich Haare und Gewe-
bereste sicherstellen, die ich eindeutig den fahrläs-
sigen Kollegen zuordnen konnte. Es war zwar un-
wahrscheinlich, dass einer von denen etwas mit der
Tat zu tun hatte, andererseits könnten sich die un-
liebsamen Tatort-Verunreinigungen irgendwann
mal als nützliches Druckmittel gegen jene Sabo-
teure in Uniform erweisen. Nicht dass ich ein Mann

von Druckmitteln und dergleichen linken Tricks gewesen wäre, da jedoch bereits mit üblen Manieren gespielt wurde, gestand ich mir ein wenig Boshaftigkeit in dieser Sache zu.

Mit nun neu gewecktem Interesse widmete ich mich ein letztes Mal den Notizen. Während ich die letzten Zeilen überflog, stand ich auf und warf mir meinen Kittel über. Der morgendliche Ärger war fürs Erste in den Hintergrund gerückt. Beschwingten Schrittes und voller Tatendrang ging ich in den Kühlraum und holte Ciels Leiche.

Da lag er nun, der tote Diplomat; Barney wollte mir nicht helfen, die Leiche zu obduzieren, weil es dazu keinen gerichtlichen Beschluss gab. Sollte ich etwas Gravierendes herausfinden, müsste ich damit vermutlich ohnehin zur Presse gehen, statt die Dinge über den üblichen Weg zu regeln. Wie für Barney war auch für die Polizei der Fall geklärt; schließlich hat man die Ehefrau bereits verhaftet. Wenigstens Kaffee hatte Barney mir angeboten, den ich dankend annahm.

Die Leichenstarre hatte sich inzwischen gelöst und der Körper lag mit schlaffen Gliedern auf meinem Tisch. Bevor ich mit der fallspezifischeren Arbeit begann, wollte ich ein paar allgemeine Werte an der Leiche feststellen. Dazu setzte ich das Skalpell an der Schulter des Toten an und tätigte einen langen Schnitt, bis zur Mitte der Brust. Diesen Schnitt wiederholte ich auf der anderen Seite und teilte nun mit einem senkrechten Schnitt die Haut bis zur Mitte des Rumpfes.

Die Fettschicht quoll gelblich glänzend unter der Haut des Toten hervor und ich musste etwas Blut abtupfen, das mir sonst die Sicht auf meine Arbeit versperrt hätte.

Dann nahm ich mein schweres Knorpelmesser und begann mit kräftigen Bewegungen die elastische Haut von Brust- und Halsmuskeln zu lösen. Der Mann hatte eine kräftig behaarte Brust, was es mir erleichterte, die Hautfetzen gut festzuhalten. An der linken Seite des Halses ließ ich die Haut noch an Ort und Stelle, um später die breite der Stichwunden zu messen, die ihm der Mörder zugefügt hatte.

Langsam verbreitete sich der süßliche Leichengeruch im gekühlten Raum aus, der mich anfangs als Student immer zögern und meine Hände vor Ekel zittern ließ. Doch die Neugier des Wissenschaftlers hatte dann doch immer gesiegt.

Ich arbeitete mich vorsichtig mit meinem Messer zum Bauchnabel des Toten vor, den man beim Schneiden mit einer kleinen Kurve aussparen musste. Am unteren Bauch angekommen, steckte ich zwei Finger in die Wunde und spannte die Haut

etwas, um beim nächsten Schnitt nicht die vis-
zerale Membran zu zertrennen, die auf den Orga-
nen liegt.

Nachdem ich einen Schluck Kaffee genommen und
meine vom kalten Fleisch des Toten ausgekühlten
Hände aufgewärmt hatte, holte ich die Säge.
Damit zertrennte ich die Rippen links und rechts
des Brustbeines. Ich entfernte Magen und Lunge,
was bei frischen Leichen immer eine mittlere Sauerei gab und macht mich nun an die Leber. Dunkel-
rot und schlapp glänzte sie mir entgegen. Als ich
sie auf die Waage legte, fiel mir auf, wie hoch ihr
Fettanteil sein musste. Ciel musste also ein recht
ausschweifendes Leben geführt haben und viel Alkohol zu sich genommen haben.

Als ich nun endlich mit der allgemeinen Arbeit fertig war, holte ich Messwerkzeuge, um die Einstich-
wunden zu vermessen. Zunächst konnte ich nichts
Auffälliges finden; die Einstiche waren alle

zwischen 1,4 und 1,6 Inch breit. Der Winkel der Stiche lag zwischen 60° und 80°, was auch nicht weiter besonders ist. Es sei denn... Ciel hatte während seinem letzten Stündchen auf einem hohen Stuhl und wurde von hinten erstochen, was bedeuten musste, dass der Täter... Es musste so sein! Anders konnte ich es mir nicht erklären.

Kapitel 9 Juliette:

Gut, dass ich vor der ersten Vorlesung meine Freundinnen Florence und Heather getroffen hatte. Die beiden lenkten mich erfolgreich von dem leidvollen Wochenende ab, das ich hatte. Denn mein Vater hatte mir schon wieder zwei geeignete Kandidaten vorgestellt, die prächtige Ehemänner ausmachen würden. Seit nun beinahe einem Jahr versuchte mein Vater mich zu verloben, dabei hatte ich nie die Absicht zu heiraten, ich wollte unabhängig von einem Mann sein. Ich liebte es zu lernen, weswegen ich auch so stolz war, dass ich an dieser Universität angenommen worden war. Florence unterbrach meine Gedanken und fragte mich, ob ich schon mitbekommen hätte, dass Edward Hill, ein Diplomat aus London, nicht weit entfernt von unserem Vorlesungssaal in seinem Haus tot aufgefunden worden war. Heather mischte sich plötzlich in das Gespräch ein und erzählte, dass die Ehefrau ihn wohl aus Eifersucht umgebracht haben soll. „Gibt es denn Beweise, ob sie es überhaupt war", fragte Florence. Ich antwortete energisch: „Wieso werden immer Frauen verdächtigt!" Schließlich hatte es in Oxford in den letzten Jahren ähnliche Fälle gegeben. „Ich glaube, dass die Frau es nicht gewesen sein kann", fügte Heather hinzu. Wir diskutierten eine Weile, wie Edward Ciel umgebracht worden sein könnte und dachten uns unterschiedlichste Versionen aus. Florence schlug ebenfalls vor die Art von intuitivem und logischem Denken zu benutzen, was wir in der Universität gelernt hatten, da bemerkten wir, dass uns jemand beobachtete. Abrupt hörten wir auf zu sprechen, als wir sahen, dass Willow, die einzige schwarze Frau unserer Universität, sich unserem Kreis näherte. Willow begrüßte uns und fing an zu erzählen. Da sie mitbekommen habe, dass wir über den Mord an Edward Ciel sprachen, wollte Willow uns unbedingt mitteilen, was sie über die Zeitungen in Erfahrung gebracht habe. Sie hatte nämlich gelesen, dass Edward erstochen worden sein sollte. Ich war unsicher, ob man Willow vertrauen sollte, ich blickte Florence an und bemerkte an ihrem Blick, dass sie sich gerade die gleiche Frage stellte. Willow schien freundlich zu sein, aber ich wusste nicht, wie ich mich angesichts ihrer Rasse verhalten sollte. Aber die Neugier überwog. Schnell begannen wir Vier zu überlegen, wie eine Frau, die eher schmaler Statur war, einen so großen Mann so brutal erstechen konnte und kamen zu dem Entschluss, dass die Ehefrau es nicht gewesen sein konnte.

Als der Herr Professor uns mit strengem Blick musterte, merkten wir, dass die Vorlesung bald beginnen würde und es Zeit wäre, unsere Plätze einzunehmen. Aber während der Unterrichtseinheit konnte ich mich kaum konzentrieren, immer wieder ging mir der Mord durch den Kopf und die Festnahme von Frau Ciel. Bald stand für mich fest, wir mussten den Fall klären, und sei es nur, um die unschuldige Witwe aus dem Gefängnis zu bekommen. Im Anschluss an die Vorlesung verabredeten wir uns, um den Fall genauer unter die Lupe zu nehmen. Wir verabschiedeten uns und wieder dunkle Flecken an Heathers Armen auf. Ich sah die betroffenen Stellen aber nur ganz kurz, da sie peinlich darauf achtete, diese Körperstellen zu verbergen. Ich beschloss, sie irgendwann einmal zu fragen.

Als ich in die Straße unseres Hauses einbog, sah ich meinen Vater bereits am Fenster stehen. Streng sah er zu mir heraus. Er hatte offenbar auf mich gewartet und ich machte mich innerlich auf eine Diskussion mit ihm gefasst. Wie könnte ich ihm nur klar machen, dass mir der Sinn momentan nicht nach Heiraten stand?

Kapitel 10 – Willow

Seit zwei Stunden saß ich nun schon an einem der kleinen Tischchen in der Bäckerei. Der Teller vor mir war jedoch unangerührt, ebenso der Stuhl gegenüber von mir. Bei genauerem Betrachten erweckte es vermutlich den Anschein, als ob ich versetzt worden wäre. Für einen Fremden ein wohl recht erbärmlicher Anblick.

Vielleicht hätte ich besser draußen warten sollen, grübelte ich, da ging ein Pärchen an mir vorbei und sah mich mitleidig an.

Rührte ihr Mitleid von dem leeren Stuhl mir gegenüber oder von meiner Hautfarbe?

Heute gab es keine Vorlesung an der Universität, aber ich war dennoch hergekommen, um mit dem Bäckermädchen Harper zu sprechen. Sie hatte in letzter Zeit unangenehm blass, beinahe kränklich ausgesehen. Ein starker Kontrast zu dem aufgeweckten Mädchen, das ich gesehen hatte, als ich die Bäckerei zum ersten Mal betreten hatte. Vielleicht hatte sie deswegen mein Interesse geweckt. Vielleicht hatte sie aber auch die Hoffnung in mir geschürt, etwas wie eine Freundin zu finden, denn die anderen Studentinnen beachteten mich kaum.

Ein heiteres Teekränzchen mit ihnen zu halten, wie es die Damen in der Bäckerei taten, davon war ich weit entfernt.

Mit einem Seufzen erhob ich mich. Harper hatte ich gar nicht zu Gesicht bekommen, offenbar war in der Backstube so viel zu tun, dass sie gar nicht in den Verkaufsraum gekommen war. Ich bezahlte und verließ die Bäckerei.

Kapitel 11: Heather

Heute war ein guter Tag gewesen. Das Studium bereitete mir Freude und ich war von netten Menschen umgeben, die die Eismauer um mein Herzen ein Stück zum Schmelzen brachten. Fröhlich vor mich hin summend, schritt ich die edle Marmortreppe hinab zum Musiksaal. In meinen Gedanken war ich bei dem Klavierstück, welches ich aktuell lernte, als ich leises Stimmengewirr aus dem

Arbeitszimmer meines Vaters vernahm. Die eine Stimme konnte ich eindeutig meinem älteren Bruder Jackson zuordnen, doch die zweite, etwas tiefere Stimme war erstaunlicherweise nicht die meines Vaters. Neugierig wie ich war, wollte ich wissen, wer bei uns zu Gaste war. Wir bekamen nicht selten Besuch, Arbeitskollegen meines Vaters gingen oft ein und aus, doch niemals an einem Samstag.

Vorsichtig, um nicht entdeckt zu werden, schlich ich mich auf Zehenspitzen in Richtung des Zimmers. Die Tür stand einen kleinen Spalt offen, sodass ich einen Teil des Raumes sehen konnte. Auf gegenüberstehenden Sesseln saßen zwei Personen. Die Person, die mit dem Rücken zu mir gekehrt war, identifizierte ich als meinen Bruder, unverkennbar an seiner ebenso blonden Haarpracht, wie ich sie hatte. Der Mann ihm gegenüber musste dementsprechend sein Gast sein. Der Fremde war ein junger Mann, etwa im gleichen Alter wie mein Bruder.

Er hatte braune Haare und Augen und ein freundliches Lächeln auf den Lippen. Er trug einen schwarzen Hut, sowie einen dunklen Anzug. Neben ihm stand eine abgenutzte Aktentasche. Es war nicht von der Hand zu weisen, dass er durchaus attraktiv war. Der junge Herr hatte seine Beine lässig überschlagen. Sowohl er als auch mein werter Bruder hatten ein Glas unseres besten Whiskys in der Hand. Der Unbekannte musste grade einen Witz gemacht haben, denn Jackson lachte herzlich und wischte sich eine Lachträne aus dem Augenwickel. Er bestätigte meine Beobachtung mit den Worten: „So habe ich lange nicht mehr gelacht, du bist und bleibst unverbesserlich, Frank Napier". Frank Napier, so hieß der Fremde also. Der Name kam mir bekannt vor, mein Bruder hat ihn schon einige Male beim Abendessen erwähnt, Frank war ein Bekannter von ihm und Gerichtsmediziner.

Aber was machte er in unserem Hause? Ich erblickte auf dem kleinen Beistelltisch eine Zeitung – aufgeschlagen war ein Bericht über den Mord an Edward Ciel. Ich konnte markierte Stellen erkennen mit wild gekritzelten Notizen. Deshalb war Napier also hier. Sie redeten über das Verbrechen. Neugierig spitzte ich meine Ohren, um dem Gespräch zu folgen. Zunächst legte Frank die Details seines Obduktionsbericht dar, nichts, was ich verstehen konnte. Doch dann erzählte der Herr etwas, was mich aufhorchen ließ. Laut ihm konnte es die Frau des Diplomaten nicht gewesen sein. Sie hätte nicht genau Kraft aufbringen können und war zudem zu klein, um als Mörderin in Frage zu kommen. Außerdem vermutete er keine Tat der Eifersucht, sondern einen Mord zum Zweck: „Um meine These zu bestätigen, bräuchten wir einen Zeugen, jemand, der das Paar und ihre Tagesabläufe kennt." Ich quiekte auf, schnell presste ich meine Hände vor den Mund in der Hoffnung, dass sie mich nicht gehört hatten. Ich konnte nicht fassen, was ich dort eben hörte.

Mir fiel nur eine Person ein, die im Haus der Ciels ein- und ausging. Harper, das Bäckermädchen. Sie lieferte ihnen oft die Brötchen. Ich musste dringend den anderen mitteilen, was ich eben gehört hatte. Wir mussten möglichst schnell mit ihr reden. Wir mussten die nächsten Schritte planen. In Gedanken schon an dem Treffen, verpasste ich den Anschluss an das Gespräch. Frank hatte sich zu Jackson gelehnt, damit ihn kein Dritter hören konnte. Da ich sie dadurch nicht mehr verstehen konnte, lehnte ich mich noch ein bisschen mehr gegen die dunkle Eichentür, als eben diese unter meinem Gewicht nachgab. Der Spalt wurde größer und die Tür gab ein unüberhörbares Knarzen von sich. Die beiden unterbrachen ihr Gespräch und zwei Köpfe drehten sich gleichzeitig in meine Richtung. Erschrocken rannte ich weg, die Rufe nach meinem Namen ignorierte ich. Ich musste sofort mit Florence und Juliette reden!

Kapitel 12: Florence

Langsam und mit einem Lächeln auf den Lippen schlenderte ich die Straßen von London entlang. Die heutigen Unterrichtsstunden waren vorbei und ich befand mich, den Kopf voll neuen Wissens auf dem Weg nach Hause. Unwillkürlich musste ich an das gestrige Treffen mit Juliette und Heather zurückdenken:

Wir hatten uns, nachdem wir in der Schule über die neueste Schlagzeile der Zeitung, dem Tod von Edward Ciel, und der damit einhergehenden Verhaftung seiner Frau, diskutierten, für den gestrigen Nachmittag verabredet. Heather hatte die aktuelle Zeitung dabei, in der der Tod von Herrn Ciel etwas genauer beschrieben wurde, und unweigerlich kamen wir auf das zu sprechen, weswegen wir hier waren. Juliette blickte uns beide an und stellte die Frage, die wir uns zweifelsfrei alle drei schon gestellt hatten: "Wieso wurde gerade die Frau von unserem Mordopfer verhaftet?" Niemand wusste darauf eine Antwort, natürlich, in der Zeitung stand etwa davon, dass sie eifersüchtig gewesen sei, weil ihr Mann angeblich ein Verhältnis mit einer anderen Frau gehabt habe, aber machte sie das allein schon zur Mörderin? Aber alles, war bekannt war, waren nur Vermutungen, nirgends stand etwas von handfesten Beweisen, dass Edward Ciel tatsächlich von seiner Frau umgebracht worden war. Mir kam die ganze Sache von Anfang an komisch vor und als Heather dann gestern Morgen davon berichtete, was der Gerichtsmediziner zu ihrem Bruder gesagt hatte, war klar, dass an der ganzen Geschichte etwas faul war.

Heather hatte die Frage gestellt, warum die Polizisten einfach die arme Frau eingesperrt hatten und nicht gründlicher nach Beweisen gesucht hatten und Juliette antwortete das, was auch ich mir schon gedacht hatte: „Die Polizisten hatten überhaupt kein Interesse an einer gründlichen Mordermittlung. Die Frau zu verhaften war der schnelle und einfache Weg und niemand würde es hinterfragen, zumindest kein Mann. Hinzu kam, dass die Frau einfach zu beschuldigen war und niemand ihr glauben wird, wenn sie versuchen würde, ihre Unschuld zu beteuern." Ich nickte zustimmend.

Genau so lief es: Die Frauen waren als Mutter, Köchin und, wenn man es denn einmal brauchte, als Sündenbock geeignet, für mehr aber auch nicht. Dass wir studieren durften, grenzte an ein Wunder und zeigte, dass es vielleicht doch die geringe Hoffnung gab, die Frauenrolle in der Gesellschaft zu verändern und zu verbessern. In Heathers Gesicht konnte ich erkennen, dass sie ähnliche Gedanken hegte, und nachdem sie einen kurzen Blick auf ihre Handgelenke geworfen hatte, die wie immer von den langen Ärmeln ihres Gewands verdeckt waren, sprach sie aus, was sich jede von uns dachte: „Wir müssen etwas tun!"

Die nächste Zeit hatten wir damit verbracht, verschiedene Ideen zu diskutieren. Irgendwann hielt ich es nicht mehr aus und meine Gedanken platzten aus mir heraus. Wir brauchten Unterstützung, denn allein waren unsere Chancen verschwindend klein, und ich wusste auch schon, wer uns helfen konnte. Wir mussten den Gerichtsmediziner auf unsere Seite ziehen, schließlich hatte er Zugang zur Leiche und misstraute dem Ganzen ebenso wie wir. Außerdem benötigten wir jemanden, der die Ciels kannte, eventuell sogar etwas über den Tod wusste und da kam nur das Bäckermädchen Harper in Frage, schließlich lieferte sie die Brötchen. Und zu guter Letzt sollten wir uns Willow mit ins Boot holen, nicht nur, weil sie durch ihren Bruder als Erste Zugang zu den neuesten Zeitungen hatte. Juliette und Heather stimmten zu und so entstand unser Plan. Zuerst mussten wir Antworten auf die Frage, wer Edward Ciel wirklich getötet hatte, finden und uns überlegen, wie genau wir dies beweisen wollten. Sobald dies geklärt war, wollten wir an die Öffentlichkeit gehen.

Trotz aller Zweifel, die ich insgeheim hegte, musste ich lächeln. Mein Herz sagte mir, dass wir mit unseren Vermutungen richtig lagen. Und so hatte ich nach der kurzen Zeit nicht nur wunderbare Freundinnen gefunden, sondern konnte auch endlich dazu beitragen, die Welt zu Gunsten der Frauen ein klein wenig zu verändern.

13. Kapitel - Juliette

Missmutig machte ich mich auf den Weg zur Universität. Meine üble Laune rührte einerseits daher, dass wir in unseren Mordermittlungen nicht recht vorwärts kamen, und andererseits daher, dass mein Vater schon beim Frühstück auf mein mangelndes Interesse, mich zu verloben, zu sprechen kam.

Immerhin bemerkte ich freudig noch etwas Kleingeld in meiner Tasche und ging in die Bäckerei, die sich direkt unter der Universität befand. Mit lief das Wasser im Mund zusammen, denn der Geruch der frisch gebackenen Scones wehte durch die Bäckerei. Ich ging an die Theke. Heather und Florence waren inzwischen auch eingetreten und stellten sich neben mich, um sich auch ein Gebäckstück zu kaufen.

Ich flüsterte zu Heather und Florence: „Das ist unsere Chance. Wir könnten das Bäckermädchen

doch fragen, ob ihr im Haus der Ciels etwas aufgefallen ist, als sie die Leiche dort gefunden hat. Dann
hätten wir Beweise und könnten weiter ermitteln."

"Würde sie uns denn einfach so helfen?", fragte
Heather., worauf Florence antwortete: „Fragen
kann nicht schaden. Außerdem ist sie arm, mit Geld
wird sie bestimmt ein paar Informationen heraus-
rücken." Darauf beschlossen wir, Harper nach Vor-
lesungsende zu fragen, ob sie bereit wäre, ihre Informationen mit uns zu teilen. „Wir warten, bis niemand mehr in der Backstube ist, dann können wir
ungestört mit ihr sprechen!", so lautete mein Vorschlag.

Kapitel 14 – Harper

„Excuse me! Da kauft man sein Gebäck in einer
Backstube, um die Armen zu unterstützen und dann
bekommt man so einen schlechten Service

geboten!", schrie mich die Dame an. Seit ich Edward Ciel tot in seinem Haus gefunden hatte, fiel es mir zunehmend schwer, mich auf die Arbeit zu konzentrieren. Wer hätte gedacht, dass genau ich einmal in so einen Fall verwickelt sein würde. Aber jetzt sollte ich nicht schon wieder darüber nachdenken, sondern die fuchsteufelswilde Kundin schnellstmöglich bedienen. Lächelnd übergab ich ihr die Tüte mit warmen Scones. Als die letzte Kundin aus dem Laden war, machte ich mich daran, einen Geburtstagskuchen zu dekorieren. Es war äußerst beruhigend die Torte mit der rosafarbenen Buttercreme einzustreichen. Vorsichtig legte ich die filigranen Rosen, die ich zuvor aus Fondant geformt hatte, auf die Torte. Erschöpft schrubbte ich die Theke, nachdem der letzte Auftrag bearbeitet war. Mein flauschiges Bett, war das einzige, woran ich jetzt noch denken konnte. Plötzlich versperrte mir ein sehr teurer Schuh aus Samt den Weg. Langsam glitt mein Blick nach oben und ich sah direkt in ein Paar dunkelblauer Augen, die mich intensiv anstarrten. Aber warte? Das war doch eine der Frauen, die im Saal über unserer Bäckerei studieren? Sie kam mir sehr bekannt vor. Hinter ihr standen zwei weitere Frauen, auch sie Studentinnen. Ich erinnerte mich wage an ihr Aussehen. Was wollten die bloß von mir? Ich hatte ihnen nichts zu bieten. Ich war kein reiches Mädchen wie sie. Ich konnte keine Universität besuchen wie sie. Die Frau mit den blauen Augen und roten Locken sah mich weiterhin prüfend an. Ihr Blick wanderte an meinem Arbeitskittel hinunter. Ich schämte mich für den zerschlissenen Stoff. „Guten Tag, wir möchten gerne deine Bekanntschaft machen. Ich bin Florence und das sind Heather und Juliette. Ich denke, du kennst uns vom Sehen. Wir besuchen die Summerville-Universität. Wir haben in der Zeitung von der Ermordung Edward Ciels gelesen und sind uns sicher, dass etwas an der Sache nicht stimmt. Wir glauben nicht, dass ihn seine Ehefrau umgebracht hat. Außerdem wurde bei dem Fall nicht ordentlich ermittelt und jetzt sitzt eine Unschuldige im Gefängnis. Kurz und gut: Wir brauchen deine Hilfe. Du warst am Tatort. Wir wären dir sehr dankbar, wenn du uns unterstützt!"

„Womit könnte ich denn helfen? Ich habe bestimmt nicht mehr als die Polizei gesehen", gab ich zu bedenken. „Dafür aber kennst du die Familie Ciel schon seit längerem und verfügst eventuell über besonders private Informationen. Oder kannst du dir etwa vorstellen, dass seine Ehefrau ihn ernsthaft aus Eifersucht umgebracht hat? Außerdem haben wir gehört, dass du einen Schlüssel zum Anwesen der Ciels hast. Somit könnten wir uns am Tatort umschauen und eventuell etwas Hilfreiches entdecken", erwiderte die Frau mit den roten Haaren. Irgendetwas sagte mir, dass die beiden nicht ganz unrecht hatten. Dieser ganze Fall war fragwürdig, vor allem, da er so unglaublich schnell gelöst wurde.

Tatsächlich wollte ich unbedingt bei den Ermittlungen der Frauen dabei sein. Ich war neugierig, natürlich. Aber ich wollte die drei besser kennenzulernen. Ich wollte schon immer wissen, wie es ist, ohne Geldsorgen zu leben und sich nie die Finger dreckig machen zu müssen. „Naja, ich kann probieren euch zu helfen, aber unter einer Bedingung. Ich möchte Teil der Ermittlungen sein und ich will dazugehören."

15. Kapitel – Willow

„Also!", begann ich das Gespräch, weil ich die unangenehme Stille nicht mehr aushalten konnte.

Es hatte mich bereits genug aus dem Konzept gebracht, als Florence so zielstrebig auf den Platz neben mir zugesteuert war und ihre Sachen dort ausgebreitet hatte. Normalerweise setzte sie sich in die Nähe ihrer Freundinnen, Heather und Juliette. Abgesehen von einem grüßenden Nicken waren bisher keine Anzeichen von Kontakt vorzufinden. Bis zu diesem Moment: Florence hob den Kopf und ergriff die Initiative: „Was denkst du über den Fall von Edward Ciel? Findest du nicht, dass der Täter etwas schnell gefunden wurde?"

Das Gesprächsthema überraschte mich. War es, weil ich diesen einen Zeitungsartikel mitgebracht und meinen Kommilitoninnen davon erzählt hatte? Suchte sie nach Gemeinsamkeiten?

Etwas zu enthusiastisch erwiderte ich: „Ist es nicht erfreulich, wenn ein Täter oder eine Täterin — wie in unserem Fall — so schnell verhaftet wird?"

Florence ließ sich von meiner Aussage nicht beirren: „Kannst du ein Geheimnis für sich behalten?"

Ihre Stimme hatte plötzlich einen flüsternden Ton angenommen, als sie sich zu mir hinüberbeugte.

Es gab nicht gerade viele Leute, denen ich es weitererzählen könnte, selbst wenn ich wollte, also nickte ich brav.

Leise sprach sie weiter: „Du kennst doch Heather, die mit uns studiert, richtig? Sie hat eine Unterhaltung belauscht. Ein Gerichtsmediziner hat Zweifel an dem Fall geäußert. Die Mordumstände passen nicht auf die Täterin."

Meine Augenbrauen zogen sich beinahe unmerklich zusammen. Selbst wenn dem so wäre, was hatte ich damit zu tun. Welche Qualifizierung hatte ich, um in dieses Geheimnis eingeweiht zu werden. Dasselbe fragte ich sie auch.

Ihre Antwort war zurückhaltend: „Nun, wir hatten uns gedacht, falls du Interesse hättest, könntest du womöglich bei uns mitmachen. Wir hätten dich gerne dabei! Je mehr wir sind, desto besser!"

Im Nachhinein betrachtet, konnte ich nicht genau sagen, wieso ich eingewilligt hatte. Ob es die Hoffnung in Florences Augen gewesen war oder meine eigenen Hoffnung, endlich Teil einer Gruppe sein zu können? Ich weiß es nicht. Ich hatte Florence zugenickt und mit entschlossener Stimme geantwortet: „Einverstanden!"

Kapitel 16: Frank

Die Sonne schien golden durch das Fenster und wärmte mein Gesicht. Ich saß an meinem Schreibtisch und kümmerte mich um mein Büro-Chaos oder versuchte es jedenfalls. Normalerweise hatte ich etwas übrig für alles, das Ordnung in Arbeit und Leben brachte, aber an jenem Morgen schweifte ich gedanklich immer wieder ab und durchlebte wieder und wieder einen bestimmten Moment meines Abendessens, zu dem ich bei meinem guten alten Freund Jackson eingeladen war.

Wir saßen im Wohnzimmer bei einem schönen Glas Whiskey, hierbei hatte Jackson sich schon immer Mühe gegeben: Er ist stolzer Besitzer von Whiskeygläsern, deren Form die Verdampfung der Aromen fördern soll. Wir kamen auch auf ernste Themen zu sprechen, so auch auf den Fall Ciel. Jackson schien genauso empört wie ich über die Polizeiarbeit. Ich war gerade dabei, ihm von meinen Erkenntnissen aus der Obduktion zu erzählen, als die schwere Wohnzimmertür knarrte. Ich erwartete eine Katze, da ging die Tür weiter auf und ich starrte verblüfft in ein Paar eisblauer Augen. Ich fuhr zusammen, als ich die hübsche Frau wiedererkannte, die ich auf dem Foto im Bericht über die Summerville-Universität gesehen hatte. Ihre Wangen waren gerötet, als

sie in den Raum stolperte. Sie musste wohl zuge-
hört haben. Ein Schmunzeln kam mir über die Lippen, das ich am liebsten wieder zurückgenommen
hätte, als mich ihr trotziger Blick erfasste. Ich öffnete gerade den Mund, um etwas zu ihr zu sagen,
doch da war sie schon wieder durch die Tür und das
Letzte, was ich sah, war eine lange gelockte
Strähne, die hinter dem Mädchen durch die Tür
nach draußen flog. Jackson sah meinen erschrocke-
nen Blick und besänftigte mich lachend: "Keine
Sorge, das war nur Heather, meine kleine Schwester, sie versteht nicht viel von der Juristerei. Was
auch immer sie gehört hat, es ist bei ihr sicher!" Beschämt und doch erleichtert sank ich in meinen Sessel zurück. Offenbar hatte er meine Bestürzung
fehlgedeutet

Abrupt wurde ich von meinen gedanklichen Irr-
pfaden geholt. "Seit wann haben wir in der Ge-
richtsmedizin einen Grund zu lächeln?" Ich fiel fast

von meinem Stuhl, als ich zu Barney hinübersah, der dümmlich grinste und sich umständlich mit seinem Handrücken am Kinn zu kratzen versuchte, da seine Finger blutverschmiert waren. Scheinbar hatte er sich endlich um das Strangulationsopfer aus dem Wald gekümmert. „Ist es so geheim, dass es dich gleich vom Stuhl wirft, wenn dich jemand stört? Komm schon, wie heißt sie?" Sein Grinsen wurde breiter, als ich resigniert den Modellschädel auf meinem Schreibtisch anstarrte. Es klingelte. „Die Tür. Sei so gut, Barney", sagte ich, mit der leisen Hoffnung, seinen Fragen damit entkommen zu kön-nen. Es klingelte erneut, diesmal energischer. Er zog die Brauen hoch und wälzte sich faul um den Tür-stock. Ich hörte, wie geöffnet wurde. Eine Vielzahl von Stimmen drang an mein Ohr – Stimmen von jungen Frauen, die alle durcheinander sprachen und die Stimme von Barney, offenbar schwankte er zwischen Ärger und Begeisterung für die jungen

Frauen. „Stehen bleiben, das hier ist kein Fischmarkt, meine Damen, sondern ein Leichenhaus!", hörte ich Barney schreien. Eine der jungen Frauen wollte sich anscheinend Zutritt zum Saal verschaffen. Ich erhob mich von meinem Stuhl. „Wir müssen mit Herrn Napier sprechen! - Lassen Sie mich gefälligst los! Was haben Sie überhaupt an den Fingern? Sie besudeln meine Jacke!" Die durchdringende Stimme der Frau wurde lauter. Nun wollte ich doch wissen, was da vor sich ging. Ein paar Frauen durchquerten schnellen Schrittes den Gang zu meinem Büro. Sie wirkten allesamt sehr aufgebracht. Gehetzt blickte ich hin und her - kein Zweifel, ihr Ziel war mein Büro. „Was?" setzte ich an. Ich trat einen Schritt zurück. Barney rang mit einem der Mädchen. „Wir wollen Napier sprechen! Nehmen sie Ihre Pfoten weg und lassen Sie mich durch!" Zornig hüpften ihre braunen Locken um ihr Gesicht.

Kapitel 17 Florence

Völlig erledigt schloss ich die Tür zu meiner Wohnung auf, griff nach den Briefen, die daneben lagen und ließ mich anschließend in den Sessel in meinem Wohnzimmer fallen. Die Woche war, wie die anderen davor, anstrengend gewesen und das nicht nur, weil wir unseren ersten Test in der Universität geschrieben hatten. Hinzu kam der Mordfall und die damit einhergehenden Ermittlungen, die wir uns selbst aufgehalst hatten. Inzwischen war unsere kleine Gruppe komplett: Wir vier Studentinnen samt dem Gerichtsmediziner Frank und dem Bäckermädchen Harper haben uns zusammengeschlossen. Zunächst wollten wir uns den Tatort genauer ansehen, weswegen wir verabredet hatten, in Ciels Haus einbrechen. Einbruch ist vielleicht das falsche Wort, schließlich hatte Harper einen Schlüssel, was die Sache allerdings nicht weniger gefährlich machte. Aber wer sollte uns schon erwischen?

Die Polizei bestimmt nicht, sie hatte mit dem Fall schon lange abgeschlossen, darüber brauchten wir uns keine Sorgen zu machen. Dennoch hatte ich ein mulmiges Gefühl.

Ich wollte gerade aufstehen, um mir einen Tee zu machen, als mein Blick auf den Stapel Briefe fiel, den ich vorhin reingeholt hatte. Auf dem obersten war die Anschrift meiner Hausverwaltung, ich ließ mich zurück in den Sessel sinken und öffnete ihn. Völlig entgeistert überflog ich die Zeilen: Der gute alte Mr. Morris war tot und seine Söhne, die dieses Haus geerbt hatten, wollten mit ihren Familien selbst in das Haus ziehen und kündigten deshalb allen Mietern. Ich konnte es nicht fassen, nach nicht einmal zwei Monaten, die ich hier lebte, hielt ich meine Kündigung in der Hand. Verzweifelt und und vollkommen ratlos schweifte mein Blick durch das mir inzwischen so vertraute Wohnzimmer. Wo sollte ich jetzt in so kurzer Zeit eine neue Wohnung finden?

Ich begab mich in die Küche und kochte mir meinen Tee. Nach dem Mittagessen hatte ich mich gefangen, denn ich war zu einem Entschluss gekommen; Ich hatte nicht vor so schnell wieder von Oxford wegzuziehen und ich hatte Geld. Wieso sollte ich nicht sesshaft werden? Wieso nicht ein Haus kaufen, wo ich mich dauerhaft einrichten konnte? Ich sah auf die Uhr und stand auf. Ein paar Straßen weiter wohnte Henry, ein alter Freund meines Vaters, der mir schon oft geholfen hatte. Ich wusste nicht, ob ich überhaupt eine Chance hatte, als Frau -und noch dazu ohne Mann- ein Haus zu bekommen, aber ich wollte es versuchen, egal wie gering meine Aussichten standen und mir die Vorstellung an die Haussuche Bauchschmerzen bereitete. Schon meine jetzige Wohnung zu bekommen, war ein riesiges Glück und vor allem ein großer

Aufwand. Egal welche Wohnung ich mir angesehen hatte, die erste Frage lautetet immer, wo denn mein Mann sei, und sobald ich meine Situation erklärt hatte, schickten sie mich wieder heim. Niemand wollte einer Frau, die alleinstehend war, eine Wohnung vermieten. Ich wusste, dass es nicht leicht werden würde, ein Haus für mich zu finden. Aber

Ein paar Stunden und etliche Tassen Tee später verließ ich Henrys Wohnung. In den Händen hielt ich einen Zettel mit der Adresse eines gewissen Phillipp Lord Winchesters. Lord Winchester war ein reicher Mann mit vielen Anwesen und eines seiner Häuser in Oxford wollte er offenbar veräußern. Henry meinte, ich hätte gute Chancen das Haus zu bekomme, schließlich hatte ich das nötige Kleingeld dafür.

Ich ging die langen Straßen Oxfords entlang, in denen sich inzwischen die untergehende Sonne verfing und legte mir schon einmal passende Worte zurecht, die ich in meinen Brief an Lord Winchester schreiben könnte, in dem ich ihn um einen Besichtigungstermin bat. Die Häuser hier waren groß und stattlich, teilweise sogar mit steinernen Verzierungen, die ich besonders schön fand, und zwischendurch standen immer wieder kleinere Häuser, meist aus Holz. Zwischen den Anliegen waren meist große Gärten zu sehen, manche voller Blumen, Bäumen und zurechtgestutzten Büsche, andere mit einem typisch englischen Rasen. Und selbst die gepflasterten Straßen, mit ihren hohen Laternen aus Eisen und den Pferdekutschen, die dazwischen entlangholperten, hatten etwas Stattliches.

Kapitel 18 Juliette

Inmitten des dichten Nebels, der die Straßen Londons umhüllte, erhob sich das Haus des Ermordeten mit seiner beinahe schon majestätischen Fassade aus glänzend rotem Backstein. Die Fenster mit ihren schmiedeeisernen Gittern spiegelten das fahle Licht der Gaslaternen wider, die den Bürgersteig vor dem Haus erhellten. Ein geschwungenes Tor führte zu einem gepflasterten Innenhof. Es war noch sehr früh, doch die Stimmung unserer Gruppe verschlechterte sich mit jeder Sekunde. War es doch keine gute Idee gewesen in das Haus von Herrn Ciel einzubrechen? Doch nun war es für solche Überlegungen ohnehin zu spät. Florence drehte den Schlüssel herum und öffnete die Tür. Harper und ich traten als erstes in das dunkle Innere des Hauses. Hinter den schweren Eichentüren verbarg sich eine Vielzahl aus eleganten Zimmern, die mit kostbaren Tapeten geschmückt waren. Die anderen folgten uns. „Ich weiß, wo sein Arbeitszimmer ist!", sagte Harper. Wir gingen ihr hinterher. Hohe Regale säumten die Wände, beladen mit staubigen Bänden. Ein massiver Eichenschreibtisch, von kunstvoll geschnitzten Beinen getragen dominierte den Raum, bedeckt mit Akten und Briefen. In den Ecken standen Wandschränke und ein alter Kamin. Ich schlug vor, uns mit dem Suchen aufzuteilen, um schneller fertig zu werden. Es war ein schreckliches Gefühl zu wissen, dass hier unter unseren Füßen ein Mann gestorben war. Florence und ich durchsuchten den Schreibtisch, Harper das Regal und Willow und Heather die Wandschränke. In den Schubladen war nichts Relevantes zu finden, genauso wenig in dem Regal, da rief Heather durch den Raum: „Ich glaube, ich habe etwas gefunden". In dem hinteren Teil der Wandschränke lag eine Holzkiste, die mit einem braunen abgenutzten Tuch überdeckt war. Heather nahm dieses von der Kiste und wir sahen, dass ungefähr zahllose lila gefärbte, kleine Glasflaschen in der Kiste standen. Während die anderen diskutierten, was wohl darin sei, nahm ich eine an mich. Ich schraubte den Deckel ab und roch daran. Eine süße, sinnliche Note vermischte sich mit einem Hauch von Bitterkeit. Mir wurde schwindelig. Willow nahm mir die Flache aus der Hand und überlegte laut: „Wir sollte eine Flasche mitnehmen und den Inhalt überprüfen lassen. Frank hat dafür sicher seine Möglichkeiten!"

Kapitel 19 Frank:

Hecktisch polierte ich das Teegeschirr. Tee hatte ich schon aufgesetzt. Zucker? Stand schon auf dem Tisch, Milch ebenso. Ich blickte auf die Uhr: Noch eine Viertelstunde, bis die Frauen da sein würden, sofern sie pünktlich sind.

Ich hatte eingewilligt, ihnen mit dem Fall zu helfen. Heute war unser erstes gemeinsames Treffen und ich hatte die Damen in mein Büro eingeladen, um ihnen meine bisherigen Ergebnisse auch bezüglich der mysteriösen kleinen Ampullen zu präsentieren. Selbige hatten eine Aufschrift, die in asiatischen Schriftzeichen verfasst war. Ich tippte auf chinesische oder japanische Kanjis. Glücklicherweise hatte ich Freunde, die sich mit solchen Dingen auskannten: Ein Kollege aus dem Chemielabor konnte die Tinktur in den Ampullen als in Alkohol gelöstes Opium identifizieren. Außerdem konnte mein früherer Kommilitone Smithins die Aufschrift "鴉" lesen.

„Bist du in Schwierigkeiten?", hatte der Kollege mich gefragt. Vermutlich war ich das tatsächlich. Im Nachhinein hätte ich auch selbst darauf kommen können, dass es sich um Opium aus China handelte. Schließlich hatte ich erst letztens gelesen, man verteile nun Morphin unter den Opiumsüchtigen in China, um das hochwertigere Opium teurer exportieren zu können.

Ich warf einen Blick auf die Uhr. Drei Minuten nach fünf. Ich erschrak und blickte umher. Hatte ich alles vorbereitet?

Es klingelte. Ich stürmte zur Bürotür, hielt Inne, machte kehrt und richtete meine Frisur im Spiegel. Verdammt! Ich hatte am Morgen vergessen, mich zu rasieren! Half jetzt nichts. Ich rückte meine Fliege zurecht. Dann hetzte ich in den Gang. Zehn Meter vor der Eingangstür verlangsamte ich meine Schritte, setzte eine professionelle Miene auf und räusperte mich.

Mit einem eleganten Schwung öffnete die Tür: „Bitte, kommt doch herein, es regnet. Und lasst euch nicht von unserer geschmacklosen Garderobe einschüchtern – Barney, mein Assistent, hat dieses Ungetüm angeschafft", fügte ich hinzu, als die Frauen zögerten, ihre Mäntel an die morbiden Kleiderhaken zu hängen. Die Garderobe hatte die Optik von Rippen, die an die Wand geschraubt waren und war tatsächlich ein Beweis mehr für Barneys schlechten Geschmack.

Nachdem alle Platz genommen hatten und der Tee serviert war, unterrichtete ich die Frauen von meinen Ergebnissen über das chinesische Opium. Es war sehr unterhaltsam, sie zu beobachten: Als ich den Unterschied zwischen Opioiden und Diamorphin, auch bekannt als Heroin, erklärte, setzte Willow ein interessiertes Gesicht auf. Juliette, die offenbar entschlossen war, die chemischen Einzelheiten auch zu verstehen, hatte angestrengt die Brauen zusammengezogen, Heather und Florence ihrerseits starrten abwesend in die Luft und Harper machte ein beinahe erschrockenes Gesicht. Florence schien sich als Erste ein Herz zu fassen und unterbrach meinen Sermon: „Auch wenn Chemie nicht zu unseren Fachgebieten gehört, schlage ich vor, die gesammelten Erkenntnisse in den Sachzusammenhang einzuordnen." Sie blickte in die Runde. „Da Opium recht teuer ist, wäre es möglich, dass ihn jemand wegen der schieren Menge, die er zuhause gelagert hatte, umgebracht hat. Auf dem Schwarzmarkt lässt sich dafür ein hoher Preis erzielen!", schaltete ich mich wieder ein. „Aber woher hatte er das Zeug?", fragte Harper und warf einen weiteren Würfel Zucker in ihren ohnehin schon zähflüssigen Tee. Heather sah sie zweifelnd an. „Nun ja, er war Diplomat. Diplomaten haben gute Verbindungen und natürlich Diplomatenfreunde aus anderen Ländern", antwortete sie mit samtener Stimme.

Bestimmt eine gute Singstimme, überlegte ich. Sie

war eine recht stille Person. Sie wirkte wie eine stille Beobachterin, die ihre Worte stets angemessen und wohlüberlegt wählte, bevor sie sprach. Noch etwas, das ich sehr an ihr schätzte: In einem Gespräch hielt sie sich sehr zurück, in den wenigen Momenten ihrer Unachtsamkeit, starrte sie in die Leere. Dann wirkte sie erschöpft und das schöne Blau ihrer Augen verschwamm zu einem tristen Regengrau. Es machte sie nicht weniger schön, aber Sorgen bereitete es mir.

Kapitel 20 - Heather

„Danke nochmal, dass du mich begleitest, dass bedeutet mir wirklich viel", sprach Florence. Man konnte ihr die Dankbarkeit und Aufrichtigkeit ihrer Worte in ihren Augen ansehen. Als Erwiderung drückte ich kurz, aber bestimmt ihre Hand. Ich wusste, wie wichtig Florence diese

Hausbesichtigung war. Sie hatte sich in ihrer Wohnung wohl gefühlt, es war ihr Zuhause, ihr Rückzugsort. Zwar konnte eine Mietwohnung ihre Familie nicht ersetzen, jedoch konnte sie genau dort zur Ruhe kommen. Und diese Ruhe wurde ihr nun rücksichtslos genommen. Doch nicht mit mir! Wir würden einen Ort finden, der sich wieder wie ein Zuhause anfühlt. Still betete ich, dass das Haus des Kunsthändlers genau das richtige für sie sein würde.

In Gedanken versunken, merkte ich nicht, dass wir vor dem Gebäude angekommen waren. Erst Florences Zupfen an meinem Ärmel holte mich aus meinem Gedankenkarussell. Rote Backsteine bildetet das Fundament des Anwesens. Zwei Rosensträucher rankten an der Fassade hinauf. Die Tür war schlicht gehalten, jedoch gab ein goldener Ring ihr einen gewissen Charme. Florence musste geklopft haben, denn plötzlich stand uns ein hochgewachsener älterer Mann gegenüber. Er trug einen

sehr teuer aussehenden Anzug und hatte grau me-
lierte Haare. „Guten Tag, die Damen, mein Name ist
Lord Philip Winchester, ich bin der Besitzer dieses
Hauses", stellte er sich vor. Dabei machte er eine
einladende Geste und setzte ein Lächeln auf, das
seine Augen nicht erreichte. Ich fühlte mich unwohl
in seiner Gegenwart. Ein Seitenblick zu Florence
verriet mir, dass es ihr nicht anders erging. Trotzdem folgten wir im ins Innere des Anwesens. Und
jenes war so umwerfend, dass ich Lord Winchesters
Auftreten schon beinahe wieder vergaß. Er forderte
uns auf, dass wir uns in Ruhe alles ansehen sollten.
Er sei währenddessen im Garten.

Also liefen wir von Raum zu Raum. Das ganze
Haus strahlte eine Wärme aus. Ein Zimmer war
schöner als das andere. Doch eins stach uns besonders ins Auge - das Wohnzimmer. Bodentiefe Fenster bildeten einen Blickfang. Wenn man nach draußen blickte, sah man Oxford von seiner schönsten

Seite. An die Stube angeschlossen, befand sich die Küche. Sie besaß einen urigen Erker mit gepolsterter Sitzecke. Aufgeregt drehte sich Florence zu mir um. „Stell dir mal vor, wie wir hier gemeinsam Tee trinken könnten!" Nicht minder begeistert, stimmte ich ihr zu. Dieses Haus schien perfekt für sie. Wir verließen die Küche, in Richtung Wintergarten. Von diesem konnte man in den Garten gelangen.

Das Erste, das einem ins Auge sprang, war ein riesiges Gemälde. Wie eine Motte vom Licht angezogen, lief ich darauf zu. Das Bild war atemberaubend. Mit filigranen Linien wurde die Königsfamilie abgebildet. „The first of may" von Franz Xaver Winterhalter. Langsam hob ich meine Hand, um die Plakette genauer zu betrachten, als eine Stimme hinter uns polterte: „Nicht anfassen!"

Erschrocken zuckte ich zusammen und wir drehten uns um. Vor uns stand Lord Phillip Winchester.

Er räusperte sich und hängte noch schnell ein „Bitte" an. Statt etwas zu erwidern, starrte ich ihn weiterhin erschrocken an. „Tut mir leid, Heather war nur von dem Gemälde fasziniert, es ist wirklich entzückend. Wo haben Sie es her, wenn ich fragen darf?", sprang Florence für mich ein. „Ich fürchte ich muss passen, es ist mir entronnen", kam die kurze Antwort. Überrascht zog ich eine Augenbraue hoch. Er soll es vergessen haben? Der Lord war Kunsthändler, zumal sich im gesamten Haus auffällig viele Kunstgegenstände befanden. Man sollte meinen, ein Kunstliebhaber wie er es einer war, würde sich besser auskennen. „Und die Skulptur in Ihrem Wohnzimmer? Sie ist eine wahre Schönheit", probierte ich es nochmals. Er wank ab. „Dafür habe ich jetzt keine Zeit", würgte er mich ab. Er wandte sich mit einem Lächeln zu Florence. „Wie hat Ihnen das Haus gefallen, Miss Greenwood?" „Ausgezeichnet, ich denke, wir werden einig werden!" „Sehr schön, dann lassen Sie uns alles Weitere in die Wege leiten. Folgen Sie mir in mein Büro." Mit den Gedanken noch bei dem Bild, folgte ich den beiden. Irgendwie kam es mir so bekannt vor.

Kapitel 21 - Harper

Niemals hätte ich gedacht, dass ich jemals ein Gefängnis betreten würde, ich, ein einfaches Bäckermädchen. Juliette hatte nach einem Haufen Bürokratie endlich einen Besuchstermin bei Magret Ciel für mich arrangiert, sodass wir eventuell etwas Neues erfahren würden. Reihen von Backsteinen erstreckten sich vor meinen Augen. Wie viele Menschen hier wohl festgehalten werden? Mit bedachten Schritten näherte ich mich langsam der Anstalt. Ich meldete mich an einem Empfangstresen an und nachdem ich mich ausgewiesen hatte, begleitete mich ein Wärter. Sein abgestumpfter Blick verhieß nichts Gutes. Unsere Schritte hallten durch den ausgestorbenen Gang. Ein beißender Geruch stieg mir in die Nase. Die spärliche Beleuchtung erzeugte auf meiner Haut eine Gänsehaut. Schritt für Schritt gelangten wir immer tiefer in den erzwungenen Lebensraum vieler Häftlinge. Eine Unruhe breitete sich in mir aus. Sie fraß sich immer weiter durch meinen Körper, bis sie sogar meine Finger und Fußspitzen erreicht hatte. Je näher wir den Zellen kamen, desto nervöser wurde ich. Warum tat ich mir das an? Der Wärter schloss eine weitere Metalltür auf, daraufhin befanden wir uns in einem Raum, der aus mehreren Etagen bestand. Ich blickte zu den verschiedenen Stockwerken hoch und erkannte unzählige Türen, die zu den Zellen führen mussten. Meine Handflächen begannen zu schwitzen bei dem Gedanken, unter welchen Umständen die Gefangenen hier leben mussten. Verunsichert durch die unterschwellige Präsenz so vieler Häftlinge folgte ich dem Wärter, der auf eine der schweren Metalltüre zuging.

„543" - das war die Zelle von Margret Ciel. Wie schon so viele Male davor holte der Wärter seinen Schlüsselbund hervor. Meine Nervosität stieg weiter an. Nach einer Ewigkeit, in der ich mich verzweifelt versucht hatte abzulenken, fand er den Schlüssel und öffnete mit einem lauten Klacken die eiserne Tür. Mit einem Quietschen schwang diese auf und ich sah in ein paar bekannter Augen. Jedoch kam mir Magret Ciel wie eine Fremde vor. Mein Atem stockte bei ihrem Erscheinungsbild. Magret, die Magret, die ich einst kannte, existierte nicht mehr. Das Einzige, was mich noch an sie erinnerte, waren ihre Augen, die jedoch ihren Glanz verloren hatten und mir jetzt nur noch trüb entgegenblickten. Ihre Haut, die einst so schön strahlte, spannte sich jetzt fahl über ihre Knochen, die deutlich hervortraten. Mein Blick wanderte durch den kleinen

Raum. Viel mehr als eine Pritsche und einen Nachttopf gab es hier nicht. Schimmel bedeckte die
Wände der kleinen Zelle. Mir fiel auf, dass ich immer noch nichts gesagt hatte. Aber diese unheimliche Umgebung hatte mir die Sprache geraubt. Mit
brüchiger Stimme sagte ich: „Magret, wie geht es
dir?". Seit wann hatte ich die Fähigkeit verloren,
klar und deutlich zu sprechen? „Ach Harper, wie
schön dich zu sehen. Ich hätte nicht gedacht, dass
ich dich noch einmal wiedersehen würde. Mir geht
es den Umständen entsprechend gut. Aber was soll
man sagen, niemals hätte ich gedacht, dass man
mich beschuldigt, meinen Mann umgebracht zu haben. Ich habe keinen Menschen mehr geliebt als
ihn. Deswegen verletzt mich die Unterstellung
umso mehr", antwortete sie mit zitternder Stimme.
Bedauerlicherweise merkte man ihr an, wie erschöpft sie war. Allein das Sprechen strengte sie an.
„Magret, es tut mir so leid. Ich glaube dir, dass du

unschuldig bist. Meine Freunde und ich sind gerade dabei, deine Unschuld zu beweisen. Wir helfen dir, gib nicht auf! Hast du denn eine Idee, wer deinen Mann umgebracht haben könnte?" erwiderte ich. Ihr erstaunter Gesichtsausdruck sprach Bände. Wie sehr ich sie befreien wollte. „Ich bin mir nicht sicher. Das Einzige, was mir aufgefallen ist, ist, dass unsere Köchin Roberta, in letzter Zeit sehr teure Kleidung getragen hat und manchmal auch teuren Schmuck. Das habe ich dann auch meinem... meinem Mann erzählt. Entschuldige, der Gedanke, dass ich meinen Mann nie wieder sehen werde, nimmt mich immer noch sehr mit. Was ist schon ein Leben ohne ihn? Jedenfalls wollte er Roberta zur Rede stellen. Er wollte sie fragen, wie eine einfache Köchin zu einem solchen Reichtum kommt. Aber dazu ist es nicht mehr dazu gekommen", stotterte Magret. Ihr An-blick ließ mein Herz zusammenziehen. Es schmerzte mich, sie in diesem Zustand zu sehen. Wie konnte man jemanden, wie Magret, die ihren Mann über alles geliebt hatte, nur beschuldigen. Die Trauer um ihn fraß sie innerlich auf. Entschlossenheit verdrängte meine negativen Gefühle, wir lösen diesen Fall egal, was kommen mochte. Ich würde es mir niemals verzeihen, Magret hier für immer zurückzulassen. „Danke für deine Ehrlichkeit, Magret. Wir versuchen dich so schnell wie möglich aus diesem Kerker zu holen. Gib nicht auf!" Der Wärter machte mir verständlich, dass ich nur noch wenige Minuten hatte. Also verabschiedete ich mich schweren Herzens von ihr. Es fiel mir nicht leicht, sie allein zurückzulassen, aber mir blieb keine Wahl. Wie in Trance folgte ich dem Wärter den Weg durch die kahlen Gänge zurück, bis ich wieder im Freiem stand. Mein Blick wanderte zum Himmel. Wie sehr hatte mir das Gefühl von Freiheit gefehlt. Ich begann zu schluchzen. Die ganze Anspannung, die sich in mir aufgestaut hatte, fiel von mir ab. Zitternd ließen meine

Beine nach und ich fiel auf die Knie. Der Kloß in meinem Hals löste sich allmählich. Bedächtig nahm ich einen langen Atemzug. Wie hielt es Magret da drinnen nur aus, ohne verrückt zu werden?

Kapitel 22 – Willow

„Mir gefällt das hier nicht!", bemerkte Harper im Flüsterton. Damit war sie nicht allein. Auch mir kamen Zweifel. Ein zweites Mal wollten wir in Ciels Haus einsteigen. Harper hatte wieder den Schlüssel bei sich. Und da die anderen genauso viele Zweifel zu hegen schienen wie ich, nahm ich meinen ganzen Mut zusammen. Auf Zehenspitze schlichen wir durch die Räume, die uns mittlerweile vertraut waren. Um Zeit zu sparen, hatten wir beschlossen uns aufzuteilen. Während Florence und ich nochmal in der Nähe des Opium-Schranks umsehen sollten, würden Juliette und Harper den Rest des Hauses durchsuchen.

Vorsichtig schob Florenz die Tür auf und trat ein. Wie abgesprochen drehte sich jede von uns in eine Richtung. Florence und ich gingen gleich in Ciels Arbeitszimmer: Ein Miniatursofa, das für gewöhnlich wohl Geschäftspartnern gewidmet war, stand auf einem einfachen Teppich vor einem Erkerfenster. Wie erwartet, erwies sich ein Rundgang um dieses als Misserfolg, und unter dem Teppich ließ sich nichts finden. Meine Augen hatten sich inzwischen an die Dunkelheit gewöhnt, Enttäuscht, nichts Interessantes gefunden zu haben, ließ ich mich auf das Sofa und tatsächlich: in einer Stofffalte unter dem Polster ertastete ich etwas.

Meine Fingerspitzen trafen auf Papier. Entschlossen zog ich es hervor. Es war offensichtlich ein Geschäftsbrief, ein juristisches Schreiben, wie sich in den ersten Zeilen schon herausstellte. Darin wurden allerdings heftige Vorwürfe formuliert. Laut dieser Anschuldigung sei ein Kunstwerk, ein teures Gemälde nämlich, das zur Restaurierung in Auftrag gegeben worden war, nicht zurückgegeben worden. Stattdessen habe der Auftraggeber eine billige Kopie des Kunstgegenstandes erhalten, so lautete der Vorwurf.

Gerade wollte ich mich an Florence wenden, um sie um ihren Rat zu fragen. Wieso sollte jemand so etwas schreiben und es dann in der Sofaritze verstecken?

Doch bevor ich sprechen konnte, erschraken wir heftig. Ein Geräusch drang von außen hinein. Die Haustür! Aber wer sollte um diese Zeit in das Haus eines Verstorbenen gelangen wollen? Ein Einbrecher etwa? In gebückter Haltung schlichen Florence und ich zum Fenster, um hinausspähen zu können.

Wir konnten nicht viel erkennen und dennoch fiel uns ein Stein vom Herzen. Denn die Person hatte sich umgedreht und rannte nun weg vom Haus. Hatte sie uns bemerkt? Holte sie die Polizei? Was auch immer es war, wir sollten so schnell wie möglich von hier weg. Hastig steckte ich das Schreiben in meine Tasche, bevor wir uns alle aus dem Staub machten.

Kapitel 23 Florence

Mit einem dumpfen Knall ließ ich den letzten Karton mit meinen Sachen in mein neues Zuhause fallen. Mein Zuhause. Wie das klang. Langsam glitt mein Blick durch den Raum, der mit seinen hohen Decken aus Holz und den großen Fenstern mit ihrem hellen Fensterrahmen einmal mein neues Wohnzimmer werden soll. Es klang, als hätte ich endlich meinen Platz gefunden. Die Wände waren weiß gestrichen, auf der einen Seite waren zwei Fenster und zwischen ihnen stand ein langer Tisch aus Holz mit wunderschönen Stühlen darum herum, wo ich mir jetzt schon die gemeinsamen Abende mit meinen Freundinnen ausmahlen konnte. An der gegenüberliegenden Wand führte eine Glastür in meinen großen Garten und an der Wand daneben stand mein geliebter Sessel mit grün-rot gemustertem Polster und daneben ein Bücherregal, das bereits halb voll war, und in der Mitte lag ein wunderschöner, grün gemusterter Teppich. Ein großer Durchgang in der verbliebenen Wand führte in die angrenzende Küche, die zwar klein war, aber dennoch alles hatte, was ich benötigte. Insgesamt war ich durch und durch begeistert von diesem Haus und so unglaublich erleichtert, dass ich, eine alleinstehende Frau, es doch tatsächlich bekommen hatte. Noch fühlte sich das Haus mit seinen kahlen Wänden und den ganzen Zimmern im

ersten Stock, von denen die meisten noch leer standen, vielleicht noch nicht wie ein richtiges Zuhause
an, aber irgendwann würde es das tun, da war ich
mir sicher.

Nach einem kurzen Abendessen, das lediglich
aus einem Ei und einer Scheibe Brot bestand, da ich
zum Einkaufen noch nicht gekommen war, machte
ich mich auf den Weg in mein neues Schlafzimmer.
Auch in dieses hatte ich mich augenblicklich ver-
liebt. Der Umzug und Schleppen meiner Habselig-
keiten hatten mich wirklich angestrengt. Meine Sachen wurden zwar mit einer Pferdekutsche von
meiner alten Wohnung hierhergebracht und Juliette hatte mir beim Einräumen geholfen, trotzdem
war es ein langer und vor allem anstrengender Tag.
Schnell schlief ich ein.

Zitternd und völlig schweißgebadet schreckte ich
aus meinem Schlaf, setzte mich im Bett auf und sah

mich hektisch um. Es war stockfinster, also musste es mitten in der Nacht sein. Irgendetwas hatte mich aufgeweckt und bevor ich Anstalten machen konnte, mich wieder hinzulegen, erklang ein lautes und durchdringendes Geräusch. Es hörte sich seltsam klirrend und trotzdem dumpf an, so als würde jemand mit einem großen Hammer auf Metall oder Eisen schlagen. Seltsam, wieso um Himmels Willen sollte jemand mitten in der Nacht auf Eisen hämmern? Nach einer kurzer Stille erklang ein leises Zischen, wie ... Ja, wie was? Ohne es zu bemerken, hatte mein Körper zu zittern begonnen und mir wurde kalt. Was war da draußen los? Verwirrt und ein wenig verschreckt stand ich vorsichtig auf und ging zu dem Fenster, das einen freien Blick auf die Straße und die Häuser meiner Nachbarn freigab. Das kalte, silberne Licht des Mondes beschien die Straßen allerdings nur spärlich, der Rest lag in völliger Dunkelheit. Weit und breit war nichts zu sehen.

Fröstelnd schlang ich meine Arme um mich. Woher kam dieses Geräusch? Ich hatte es mir doch nicht etwa eingebildet? Nein, das konnte nicht sein. Ich sah erneut aus dem Fenster und zuckte erschrocken zusammen. War da unten ein Licht? Etwa von einer Kerze? Ich war mir nicht sicher, es war einfach zu dunkel. Ich wohnte allein in einem fremden Haus in einer fremden Nachbarschaft. Ich sollte zurück in mein Bett. Doch auch wenn ich das am liebsten sofort getan hätte, ich ging nach unten, um mir eine Kerze zu holen, da ich die restliche Nacht nicht im völlig Finsteren schlafen wollte.

Am nächsten Morgen, ich kam gerade von dem naheliegenden Hof zurück, bei dem ich einige Lebensmittel besorgt hatte, sah ich zum ersten Mal meinen direkten Nachbarn, der gerade mit einem älteren Mann sprach. Das Einzige, das ich von ihrem endenden Gespräch noch hörte, war, dass mein Nachbar sagte, er hoffe ihm würde das Eisen gefallen. Der alte Mann nickte, bedankte sich für das, seiner Meinung nach großartige Eisen und verschwand dann. Ich stutzte vor meiner Haustüre. Eisen? Das ließ mich unwillkürlich an das Geräusch von letzter Nacht denken und mir wurde kalt. Ich drehte mich zu meinem neuen Nachbarn um, der noch immer an seinem Zaun stand und lächelnd die Hand zu einem Gruß in meine Richtung hob. Misstrauisch sah ich ihn an. War er derjenige, der mitten in der Nacht irgendein Eisen bearbeitete? Wenn ja, wieso? Was hatte er davon, nachts die gesamte Nachbarschaft aufzuschrecken? Die Nachbarn hätten sich sicherlich beschwert und er würde jetzt nicht so lächelnd winkend am Gartenzaun stehen. Vielleicht war es letzte Nacht das erste Mal, überlegte ich weiter. Aber genau in der Nacht, in der ich selbst zum ersten Mal in diesem Haus schlief? Das wäre schon ein sehr großer Zufall. Schaudernd drehte ich mich wieder zu meiner Tür. Was es auch war, es war mir unheimlich und ich hatte nicht vor, die nächste Nacht erneut allein in dem sonst so verlassenen Haus zu schlafen. Kurz entschlossen machte ich mich auf den Weg zur Bäckerei, wo ich hoffte, Harper anzutreffen. Kaum hatte ich den kleinen, gemütlichen Raum mit dem Tresen voller Köstlichkeiten betreten, trat mir der inzwischen vertraute Duft von Gebäck in die Nase. Ich ging zu Harper, die gerade die Kunden bediente und offensichtlich überrascht war, mich zu sehen, und fragte, ob sie kurz Zeit hätte. Sie hatte mir vor einigen Tagen erzählt, dass sie sich nichts sehnlicher wünsche, als von zuhause auszuziehen, da ihr strenger Vater jeden ihrer Schritte überwachte und ihr sogar die Treffen mit uns verbieten wollte, da wir kein guter Umgang für seine Tochter wären. Aus diesem Grund hatte ich einen Entschluss gefasst. Ich wollte Harper anbieten bei mir zu wohnen, so wäre ich nicht allein und sie hätte endlich die Freiheit, die sie sich wünschte. Genau das erzählte ich jetzt Harper und ich merkte ihr an, dass sie nicht glauben konnte, dass sie tatsächlich die Möglichkeit bekam auszuziehen. Mit großen Augen sah sie mich an und fragte mich mehrmals, ob ich das wirklich ernst meinte. Lachend bejahte ich und ohne lange zu überlegen, stimmte sie mit leuchtenden Augen zu.

Am nächsten Morgen saßen wir gemeinsam in meiner Küche und ich zündete das Holz im Ofen an, und mit Harper zusammen frühstückend, fühlte ich mich das erste Mal, seitdem ich allein nach Oxford gezogen war, wieder richtig geborgen. Ich hatte Harper eines der vielen Zimmer im ersten Stock gegeben. Außerdem hatten wir uns schon Pläne über die restliche Gestaltung und Nutzung der Zimmer gemacht, die eine eigene kleine Bibliothek und einen Lernraum beinhalteten. Keine Ahnung wie Harper ihrem Vater klargemacht hatte, dass sie ausziehen würde, aber sie wollte nicht darüber sprechen und das respektierte ich. Vergangene Nacht war alles ruhig geblieben, wir hatten keine seltsamen Geräusche gehört, trotzdem war ich froh, dass ich nicht allein war. Seit dem Tod meiner Familie fühlte ich mich oft einsam und allein gelassen und dieses Haus, das unserem alten aus meiner Kindheit sehr ähnelte, verstärkte dieses Gefühl noch, weshalb ich unendlich dankbar war, dass Harper nun bei mir war. Beschwingt trat ich, während der Tee vor sich hin kochte und Harper das Frühstück zubereitete, vor die Tür, um zu sehen, ob die Post schon gekommen war. Doch das, was vor mir auf dem kleinen Zettel stand, der vor meiner Tür lag, brachte die Angst der letzten Nacht zurück: „Frauen sollte sich nicht in die Angelegenheiten anderer einmischen. Zurück an den Herd und alles wird gut!"

Kapitel 24 – Heather

Ein Schlag. Ein Schrei. „Heather!", es wurde schwarz. Stille.

Alles war dunkel um mich herum. Das Einzige, was ich mitbekam, war Stimmengewirr. „Warum wacht sie nicht auf? Reden Sie endlich, was ist mit meiner Schwester?" „Sie müssen sich beruhigen, Sir. Sonst müssen wir Sie bitten das Zimmer zu verlassen" „Es war gut, dass Sie so schnell gehandelt haben. Hätten Sie Miss Dashwood nicht so schnell hergebracht, hätte sie ernsthafte Folgen davontragen können. Mit einem Schädel-Hirn-Trauma ist nicht zu spaßen. Zudem hat Ihre Schwester mehrere Schnittwunden und Hämatome am ganzen Körper, sowie einige Prellungen. Die Schnitte konnten wir alle problemlos behandeln, allerdings waren schon ältere wieder aufgeplatzt. Miss Dashwood wird also einige Narben davontragen. Ihr Körper musste extremen Belastungen standhalten, sie wird also noch eine Weile schlafen. Lassen Sie ihr Zeit!"

Das Klicken einer Tür ertönte. Jemand ließ sich neben mir nieder. „Was hat dieses Monster dir angetan? Warum hast du nie etwas gesagt? Ich hätte dir doch helfen können. Es hätte nie so weit kommen dürfen, ich hätte dich fast verloren! Ich verspreche dir, der Bastard wird dafür zahlen, dass meine kleine Schwester im Hospital liegen muss!" Ein leises Schniefen war zur hören und etwas Nasses traf mein Gesicht. Danach umgab mich wieder Dunkelheit.

Das Nächste, was ich mitbekam, war mein pochender Kopf. Mein ganzer Körper schmerzte und brannte. Ich versuchte meine Augen zu öffnen, diese fühlten sich jedoch an, als würden tonnenschwere Bleigewichte auf ihnen liegen. Ich gab es auf. Ich fühlte mich gefangen in meinem eigenen

Körper, unfähig zu handeln. Das Klicken der Tür ertönte und zwei schnatternde Frauenstimmen betraten das Zimmer. Ich spürte, wie mir etwas von meinem Brustkorb gewickelt wurde. Wahrscheinlich wechselten sie grade die Verbände.

„Wirklich schade, dass der gute Ciel verstorben ist. Er war so ein netter Herr.", fing eine der Frauen an zu reden. Ein Seufzen erklang. „Ja, durchaus. Und durch seinen Tod bekommen wir das Opium nicht mehr geliefert. Was sollen wir nun tun?". „Ich weiß es nicht, so schnell werden wir keinen Ersatz finden. Und selbst wenn, so günstig und vertrauenswürdig finden wir bestimmt niemanden. Bis dahin müssen wir hoffen, dass keiner der Patienten zu stark leidet". Interessant, Ciel war also gar nicht kriminell. Er hatte das Krankenhaus mit Opium beliefert. Diese Spur verlief also ins Nichts, so ging es mir durch den Kopf. Eine Pause entstand. „Du meinst wie Miss Dashwood? Sie muss ihre Schmerzen so

ertragen. Was meinst du ist wohl mit ihr passiert?".
„Sie war vor ein paar Wochen schon einmal bei uns,
dabei hatte sie eine Prellung am Arm und blaue Fle-
cke um ihre Handgelenke. Ich tippe auf häusliche
Gewalt, doch als ich sie danach fragte, meinte sie,
sie sei lediglich die Treppe herabgestürzt. Aber genug jetzt, Spekulationen stehen uns nicht zu." Die
Schwestern beendeten ihre Arbeit schweigend und
gingen.

Die beiden hatten Recht. Ich war ein Opfer häus-
licher Gewalt. Geschlagen vom eigenen Vater. Miss-
achtet von der eigenen Mutter. Doch was konnte
ich schon dagegen tun? Mich wehren? Kaum. Ich
war ihm körperlich unterlegen. Zur Polizei gehen?
Wem würden sie eher glauben, einem reichen Ge-
schäftsmann oder einer einfachen jungen Frau? Es
war eine aussichtslose Situation. Ein ewiger Kreis-
lauf an Brutalität und Demütigung. Oft wurde ich
getreten oder geschlagen. Mal mehr, mal weniger,

die Stärke hing von seiner Laune und seinem Alkoholpegel ab. Doch so schlimm wie diesmal, war es noch nie gewesen. Er achtete stets darauf, dass ich noch bei Bewusstsein war, um ihm anschließend aus dem Weg gehen zu können. Er brauchte das Gefühl von grenzenloser Macht. Er wollte den Schmerz in meinen Augen sehen. Sowohl den körperlichen als auch den psychischen. Sein einziges Ziel: mich zu brechen. Mir Stück für Stück die letzten Fetzen Hoffnung stehlen, an die ich mich verzweifelt zu klammern versuchte. Ich war seine persönliche Sklavin, er machte mich zu einer emotionslosen funktionierenden Maschine. Denn Gnade Gott, wenn ich weinte. Das war ein Zeichen der Schwäche laut ihm, die er mir dann mit Gewalt auszutreiben versuchte.

Heiße Tränen der Verzweiflung liefen mir über die Wangen. Genau diese Tränen waren der Grund gewesen, warum ich nun hier lag. Als er mich wie jeden Tag vollkommen alkoholisiert anschrie, weil ich mit der Hausarbeit nicht rechtzeitig fertig geworden war, zog er mich an den Haaren. Mit einem kleinen Aufschrei fasste ich mir an den Kopf und beugte mich zu ihm nach unten. Doch den Versuch, mich aus seinem Griff zu befreien, unterließ ich gleich. Das würde es nur noch schlimmer machen. Er zog mich so nah zu sich, dass ich nur allzu gut seine starke Alkoholfahne riechen konnte. „Hör zu, du undankbares Gör, ohne mich bist du nichts! Ich habe dich in der Hand", hatte er gelallt. Und damit hatte er Recht. Er war ein einflussreicher Mann. Er müsste nur mit dem Finger schnipsen und ich würde nicht mal als Haushaltshilfe eingestellt werden. Mit diesen Worten stieß er mich in unseren Glastisch, der unter meinem Gewicht in unzählige Scherben zersprang. Bei dem Versuch mich noch aufzufangen, hatte sich eine lange Scherbe in meine Seite gebohrt. Doch dort war eine noch nicht verheilte Wunde gewesen. Blut färbte mein Kleid. Der Schmerz war so stechend gewesen, das ich einfach nicht anders konnte, als schmerzerfüllt aufzuschreien. Er nahm mir die Luft zum Atmen und mein Bewusstsein. Das Letzte, woran ich mich anschließend erinnern konnte, war ein heftiger Schlag auf den Kopf und der Schrei meines Bruders. Und nun lag ich hier. Ich sah ein, dass es so nicht weiter gehen konnte. Dieses Mal war ich noch mit dem Leben davongekommen, doch wer wusste schon, was das nächste Mal passieren würde. Ich müsste es meinem Bruder gleichtun und ausziehen. Ich spielte schon lange mit dem Gedanken, Florence zu fragen, bei ihr und Harper einziehen zu dürfen. Sie wussten nichts von den Verhältnissen bei mir zuhause, doch schien es öfters so, als hätten sie etwas geahnt. Es war an der Zeit, reinen Tisch zu machen. Ich würde ihn zwingen mich gehen zu lassen, ansonsten würde ich alles öffentlich machen und seinen Ruf zerstören. Ich musste kämpfen und ich würde nicht aufgeben.

Genau deshalb versuche ich noch einmal meine Augen zu öffnen. Blinzelnd öffneten sich meine Lieder. Das Licht blendete, sodass ich sie wieder leicht zusammenkniff. Ich schaute mich um, doch viel konnte ich von meinem Bett aus nicht sehen. Der Raum war schlicht gehalten. Rechts war ein Fenster und vor mir stand ein Tisch mit zwei Stühlen. Auf dem Tisch lag ein Strauß roter Rosen. Von wem die wohl waren? Erneut öffnete sich die Tür. Frank trat ein. Das wunderte mich nun wirklich. Was machte er hier? Er kam auf mich zu, lächelnd erkundigte er sich nach meinem Befinden. „Es geht mir den Umständen entsprechend gut, danke der Nachfrage". Ich war jedoch immer noch verwirrt. „Aber warum bist du hier, hat mein Bruder dich geschickt?", „Nein, ich wollte nach dir sehen, außerdem habe ich dir etwas mitgebracht", erwiderte er. Dabei wies er mit dem Kopf zu dem Strauß Rosen auf dem Tisch. „Die sind von dir, aber warum?" Eigentlich hätte ich es mir denken können, jedoch war ich in diesem Moment maßlos überfordert. „Nun ja, ich mag dich sehr, Heather, mir ist dein Wohlbefinden wichtig." Er kam auf mich zu. Panik ergriff meinen Körper. Ich weiß, dass er mir nichts tun würde, jedoch sah ich in ihm kurz meinen Vater. Es war mir mit einem Mal viel zu nah. „Raus!", schrie ich. Meine Stimme zitterte. „Heather, was ist auf einmal los mit dir?" „Verschwinde endlich!", unterbrach ich ihn. Meine Atmung beschleunigte sich. Erschrocken schaute er mich an, als er sich schließlich umdrehte und ging. Kaum war die Tür ins Schloß gefallen, brach jegliche Selbstbeherrschung und mir liefen Tränen über mein Gesicht.

Kapitel 25 - Frank

Was für ein wundervoller Morgen! Die Sonne schien in meine Wohnung, ob wohl es erst halb sieben war und ich sprang förmlich aus dem Bett, energiegeladen wie lange nicht mehr. Während ich Frühstück machte- es gab full monty, bestehend aus gebratenen Würstchen, gegrillten Tomaten, Bohnen, Spiegeleiern, Bacon und natürlich einem gebutterten Toast, aber ohne Pilze, denn die mochte ich noch nie - da kam mir eine Melodie in den Sinn, die ich schon lange nicht mehr gehört habe: Es war die Arie des Figaro. Zuletzt hatte ich sie mit meinen Eltern in der Oper gehört, das dürfte viele Jahre her sein. Vielleicht würde sie Heather auch gefallen? Ich nahm mir vor, sie einzuladen, sobald sie wieder gesund war. Die Ärmste hatte einen Unfall. Als ich sie im Krankenhaus besucht hatte, ist mir ganz schlecht geworden vor Sorge. Von einem Unfall war die Rede, bei dem sie sich derart verletzt haben soll. Voller Panik war sie, als ich mich ihr nähern wollte. Ich war nicht sicher, ob sie sich über die Rosen gefreut hat. Vielleicht war das Krankenhaus aber auch nicht der richtige Ort für ein Liebesgeständnis. Ich musste Geduld haben.

„Ah, che bel vivere, che bel piacere, per un barbiere di qualità, di quali-" -Hoppla! Da war mir doch glatt ein Würstchen aus der Pfanne entglitten!

Tatsächlich konnte ich die Arbeiten für den heutigen Tag schnell erledigen und so beschloss ich, Margeret Ciel einen Besuch in ihrer Zelle abzustatten. Möglicherweise würde sie uns in dieser mysteriösen Opiumangelegenheit weiterhelfen können.

Es dauerte eine Weile, bis sich einer der mürrischen Mitarbeiter bequemte, sich meiner anzunehmen, als ich in der Halle wartete. „Und Sie? Sind sie wegen der gewalttätigen Prostituierten hier? Sie sind jetzt schon der fünfte Besucher, der nach ihr fragt und für Sie gibt's auch die gleiche Antwort wie für alle andern: Die is tot! Hat sich gestern mit ihren Schnürsenkeln stranguliert." Verdutzt schaute ich ihn an. Am besten nicht nachfragen, das waren schon genug unliebsame Details. „Tatsächlich würde ich gerne Margeret Ciel besuchen, die des Mordes an ihrem Mann bezichtigt wird!" Der Wächter kniff die Augen zusammen und seufzte: „Mir nach!". Dann schlurfte er Richtung Zellentrakt. Die Gänge waren dunkel und aus schmucklosen kahlen Wänden. Unwillkürlich beschleunigte ich meine Schritte, um nicht zurückzufallen. Vorsichtig sah ich mich um, während der Wärter mich tiefer in den Bau des Grauens hineinführte. Links und rechts waren kleine Räume mit dunklen Türen, die eine Futterluke hatten. Das einzige Alleinstellungsmerkmal waren die Nummern neben jeder Tür. Es war unnatürlich still hier unten. Nur die schlurfenden Schritte meines Begleiters waren zu hören und dessen

Schlüsselbund, der gelegentlich gegen eine der Türen schepperte, wenn er zu dicht an der Seite ging. Ab und zu hörte man jemanden hinter der Wand atmen. Mir schauderte. Nach einer Weile blieb mein Begleiter vor einer einer eisernen Gittertür stehen, sah mich an, und sagte: "Halte dich am Rand." Er hatte offenbar wenig Lust, diesen Abschnitt des Gefängnisses zu betreten. Die schüchterne Harper hatte Mumm, hier runterzukommen, überlegt ich. Der Wärter warf mir einen beinahe mitfühlenden Blick zu, und wies mit der Hand durch den Durchgang.

Ich atmete tief durch und betrat den Trakt. Meine Schritte hallten leise in dem zwielichtigen Gang, der für die übelsten der Schwerverbrecher vorgesehen zu sein schien. „Tag!", begrüßte mich ein älterer Häftling mit Schnurrbart, der sich böse lächelnd gegen die Gitterstäbe seiner kleinen Zelle lehnte. Was für ein schmieriger Typ. Schnell ging ich weiter. Bloß Abstand von den Zellen halten. Die meisten Insassen saßen teilnahmslos da und folgten mir stumm mit ihren Blicken. Bald hatte ich endlich die letzte Zelle erreicht und ich atmete auf. Doch was ich dann sah, traf mich unvorbereitet. Eine kleine Gestalt mit langen, ungewaschenen Haaren und schmutzigen Kleidern kauerte in der Ecke, das Gesicht schützend mit einem Arm verdeckt. Beschämt blickte ich zu Boden. Ich konnte nicht ahnen, wie schlimm es ihr tatsächlich ergehen würde. „Frau Ciel?", fragte ich vorsichtig. Ich räusperte mich. „Ich ermittle in gleicher Sache wie das Bäckermädchen, das Sie letztens besuchen kam, Sie erinnern sich?" Da endlich kam Bewegung in die dünne Frau. Sie drehte sich zu mir um und ihre dunklen Augen starrten mich an, als sie ihre dünne Stimme erhob: „Wie könnte ich das vergessen?" Sie lächelte zittrig. „Habt ihr die Köchin gestellt?"

„Noch nicht", antwortete ich und leiser fügt ich hinzu: „Wissen Sie Bescheid über den Opiumhandel, den Ihr Gatte betrieben hat? Es wäre denkbar, dass jemand sein Leben aus kommerziellen Gründen beendet hat. Können Sie mir mehr zu dieser Angelegenheit sagen? Möglicherweise hilft uns das, den wahren Mörder Ihres Mannes zu finden."

„Ich habe leider keinen Einblick in die Arbeit meines Mannes." Damit hatten sich meine Erwartungen an diesen Gefängnisbesuch nicht erfüllt. Auf dem Nachhauseweg dachte ich ununterbrochen über jene traurige Begegnung mit Margret nach. Ich hatte nichts Neues herausgefunden. Beinahe hätte ich vergessen, dass ich noch etwas aus dem Institut holen wollte.

Immer noch nicht ganz zurück aus meinem Kopf wollte ich die Tür aufschließen, da bemerkte ich, dass diese bereits offen stand.

Nachdenklich schlurfte ich durch den Gang, als ich ein leises Geräusch hörte, das ich nicht erwartet hatte. Unvermittelt blieb ich stehen. Es war eine Art Jammern, ein gedämpfter Schrei. Alarmiert beschleunigte ich meine Schritte. Ein Anblick des Grauens erwartete mich: Edward Ciel - aber er war doch tot - verstellte mir den Weg. Wie war er aus der Kühlkammer hierher gekommen?

Der Tote hatte eine Hand ausgestreckt, in abwehrender Haltung. Sein fahles Gesicht starrte mich an. Ich keuchte. Der Boden schien leicht zu kippen. Ich erbrach mich.

Dann kam ich endlich zur Besinnung: Ciel war tot, nach wie vor. Wie konnte er aufstehen? Hatte ihn jemand wie ein totes Tier präpariert. Mit einem Schaudern stellte ich fest, dass der Tote mit einem Fleischerhaken am Nacken aufgehängt war, nur so weit unter der Decke, dass seine Füße gerade den

Boden berührten. Ich schüttelte mich. Dann ertönte erneut jenes jammernde Geräusch. Es ging mir durch Mark und Bein, besonders da es - konnte das sein - aus der Totenkammer kam!

Mit zitternden Knien stolperte ich die vermutete Richtung. Vor der Tür blieb ich stehen, und atmete tief durch. Vorsichtig stieß ich die Tür auf.

Die Schreie wurden lauter. Mein Herz raste und Tränen der Angst stiegen mir in die Augen. Ich schlich in den Raum.

Ein Keuchen entfuhr mir, als eine in eine Decke verpackte Person sich wand und wimmerte. Das war's: Ich schrie, als wäre mir der Leibhaftige begegnet. Sprach ein Toter mit mir? „Frank! Frank!", schrie die Leiche und ich erkannte mit Erstaunen die Stimme von - „Barney!? Bist du das?"

„Hol mich hier raus!", schrie Barney verzweifelt. Verstört ging ich auf die Bahre zu, auf der Barney offenbar gefesselt unter dem Leichentuch lag. Fahrig zog ich an dem Tuch und wuchtete Barney auf die Seite, um ihn auszuwickeln.

„Meine Hände Frank, mach meine Hände frei!" japste er, als er, sobald er ausgewickelt war. Er verkniff sein Gesicht im Schmerz und hielt mir seine Hände entgegen: Sie waren eng mit Medizinergarn umknotet, schon rot angelaufen und ziemlich geschwollen. Zusammen wankten wir ins Büro, um ihn loszuschneiden. Barney lachte hysterisch, als er endlich das erlösende Geräusch hörte. Er rieb sich die Hände.

„Lass uns Ciel abhängen!", sagte er mit gebrochener Stimme.

Wie in Trance nickte ich und holte einen Hocker, auf den ich stieg, um die Kette zu lösen, an der man Ciel aufgehängt hatte. Als ich ihn nun so sah, fiel mir etwas auf, das ich im Schreck vorhin nicht bemerkt hatte:

Ciel hatte einen Zettel zwischen den Zähnen stecken. Ich zog in heraus und faltete ihn auseinander.

Jemand hatte in sauberer Handschrift darauf geschrieben: „Doktor Napier, ich muss sie bitten, ihre eigenmächtigen Ermittlungen ohne Umschweife abzubrechen. Andernfalls steht Ihre Approbation auf dem Spiel. Halten Sie Ihre Nase aus Angelegenheiten, von denen Sie nichts verstehen. Ich warne Sie. Sicherlich möchten Sie auch keinen Ihrer Freunde auf dem Autopsie-Tisch wiedersehen. Kommen Sie zur Vernunft!"

„Du ermittelst also immer noch an diesem Fall?" Barney warf mir einen zweifelnden Blick zu, wollte aber gar keine ernsthafte Antwort von mir hören. Ich seufzte. Diese Angelegenheit überstieg langsam meine Mittel als Fachmann sowie meine Nerven als Mensch.

26. Kapitel – Willow

Es herrschte reges Treiben an dem runden Esstisch in der Mitte der Wohnung. Die Anwesenden waren jedoch keine Familienmitglieder. Es waren die Freundinnen! Und Frank.

Florence war diejenige gewesen, die das ganze Treffen initiiert hatte. Um die bisherigen Erkenntnisse miteinander abzugleichen, hatte sie gesagt. Dennoch war den ganzen Abend über bisher noch kein Wort über den Fall Ciel verloren worden. Der überschwängliche Empfang, den die anderen und ich an der Türschwelle erhalten hatten, hatte uns begeistert. Wir sprachen alle unsere Bewunderung über die geschmackvolle Einrichtung des Hauses auf, dann setzten wir uns an den reich gedeckten

Tisch. Zur Feier unserer ersten offiziellen Zusammenkunft waren sogar seltene Obstsorten und frische Meeresfrüchte darunter.

Doch als hätte Florence meine Gedanken gelesen, räusperte sie sich plötzlich. Und ihr herzliches Lächeln verwandelte sich in einen ernsten Gesichtsausdruck.

„Ich denke, es ist Zeit, euch zu sagen, wieso ich euch hierher einberufen habe." Ihre Stimme war zögerlich, ihre Worte wirkten jedoch, als hätte sie bereits die letzten Minuten lang überlegt, was sie sagen sollte.

Anstelle weiter zu reden, wandte sie sich zu der Kommode hinter ihr und ergriff einen unscheinbaren Brief. Sie fasste ihn nur mit zwei Fingerspitzen an, als ekle sie sich davor. Neugierig rückten wir Gäste näher, während Florence wieder das Wort ergriff: „Diesen Brief haben Harper und ich gestern in unserem Vorgarten entdeckt-"

„Ein Drohbrief!", fiel Frank ihr ins Wort, der das Schriftstück an sich genommen hatte und gerade dabei gewesen war, es an seine Nachbarin Heather weiterzugeben.

Florence kümmerte sich nicht um die Unterbrechung, sondern nickte nur zustimmend. Frank schien damit jedoch noch nicht fertig zu sein. Sein Gesicht verzog sich zu einer nachdenklichen Grimasse. Beinahe tonlos murmelte er vor sich hin: „Diese Schrift!"

Gerade wollte Florence ihr Erlebnis weiter ausführen, als Frank energisch aufsprang, indem er seinen Stuhl fast nach hinten umkippen ließ. „Wenn ihr kurz erlaubt, ich bin gestern in meinem Laboratorium ebenfalls auf etwas äußerst Bemerkenswertes gestoßen. Eine weitere Drohung!", fiel er ihr erneut ins Wort, hektisch in seiner Hosentasche wühlend und ein weiteres Stück Papier daraus hervorkramend: „Das hier!"

Er schlug es auf den Tisch, seine Augen wiesen inzwischen ein begeistertes Funkeln auf. Auf den ersten Blick unangebracht, wenn man die Ernsthaftigkeit dieser Thematik bedachte, als er allerdings beide Zettel nebeneinander auf den Tisch legte, verstand ich, was ihn dazu bewegt hatte. Beide Briefe wiesen dasselbe Schriftbild auf. Aufgeregt deutete Frank auf die zwei Papierstücke, um sicherzugehen, dass alle am Tisch verstanden, was er meinte: „Es besteht ein Zusammenhang zwischen diesen beiden Briefen!"

Kapitel 27: Juliette

Florence und ich gingen zur Tür, sie machte auf, aber niemand stand davor, obwohl es doch eindeutig geklopft hatte. Nur eine Holzbox lag auf dem Treppenabsatz, mit einem Zettel darauf. Wir nahmen die Box schnell mit ins Haus und überlegten, wer zu dieser späten Stunde noch Post austrug. Im Flur öffnete ich den Deckel. Ich war von jeher neugierig gewesen. In der fein gearbeiteten Holzbox aus poliertem Mahagoni lag ein schwarzes Kleid, dessen Eleganz und Schlichtheit gleichermaßen beeindruckten. Das Gewebe, von höchster Qualität, schimmerte sanft im gedämpften Licht des Raumes und doch schien es das Licht einzusaugen. Ich nahm das Kleid aus der Box und erschrak, als sechs Patronenkugeln aus den Gewandfalten fielen. Harper, Willow und Frank kamen aus dem Wohnzimmer zu uns in den Flur gelaufen, als sie meinen und Florence Schrei hörten. Ich ließ das Wunderschöne zugleich aber auch düstere Kleid los und beugte mich hinunter, um die Patronen aufzuheben. Mir wurde augenblicklich übel und ich hatte das Gefühl, nur wenig Luft zu bekommen. Ich sah plötzlich schwarze Punkte in meinem Blickfeld. Ich hob die Patronen auf, eine nach der anderen und deutlich sah ich unsere Namen darauf stehen. Für jeden von uns gab es eine Patrone, in jede war einer unserer Namen eingraviert. Ich zeigte den anderen meine Entdeckung. „Das ist eine Morddrohung - für jeden von uns!", flüsterte Florence voller Entsetzen. Harper wurde bleich, Willow begann zu schwanken und Frank beruhigte Florence, die angefangen hatte zu weinen. Nach einigen Minuten hatten wir uns ein wenig gefangen, da fragte ich die anderen: „Was machen wir denn jetzt?" Mir fiel die Karte wieder ein, die der Absender oben auf die Holzbox gelegt hatte, und die ich vorher, ohne sie gelesen zu haben, auf das Regal im Flur gelegt hatte. Ich nahm die Karte und las sie laut vor: „Hört auf zu ermitteln oder ihr werdet am Ende unter der Erde liegen!" Nun wussten wir, worum es ging. Laut begannen alle durcheinanderzurufen, ob wir weiter ermitteln sollten oder ob die Sache zu gefährlich geworden war. „Jetzt hört doch auf! Das bringt uns auch nicht weiter!", brüllte ich. Und tatsächlich kehrte Ruhe ein. Wir entschieden uns nach langem Hin und Her, dass wir nicht aufhören wollten, den Mord zu untersuchen, nur weil jemand versuchte, uns davon abzubringen. Wir wollten uns nicht einschüchtern lassen. Denn wir wussten nun, dass wir der Wahrheit nähergekommen waren als gedacht.

Kapitel 28 - Harper

Es war ein freundlicher, sonniger Herbsttag und das Geschäft lief gut. Bestimmt hatte ich schon dreißig Brote verkauft, als ich plötzlich von der lauten Stimme meines Vaters aufgeschreckt wurde. „Harper, das Geld wächst nicht auf den Bäumen und wir müssen heute noch zwanzig Kürbiskuchen backen und haben keine Kürbisse mehr im Lager! Geh rasch zum Markt und hole mir drei mittelgroße, schöne orangene Kürbisse!" Blitzschnell setzte ich mich in Bewegung und machte mich auf.

Ich freute mich auf den Herbstmarkt mit seiner farbenprächtigen Auswahl an frischen Waren, die zu dieser Jahreszeit besonders reizvoll war und auf jeden Fall eine entspannte Abwechslung zur heißen und anstrengenden Arbeit in der Backstube darstellte.

An den Ständen herrschte schon reges Treiben. Die Sonne kitzelte auf meiner Nase und gab mir das Gefühl von Leichtigkeit, welches jedoch schnell getrübt wurde, als ich von weitem ein rundes Gesicht an einem Marktstand erspähte. Statt mich auf den geplanten Kürbiskauf zu konzentrieren, lief ich wie benommen auf den Marktstand zu, an dem eine sehr extravagant angezogene und stark geschminkte Frau ihre Waren anpries. An dem bunt geschmückten Tisch erkannte ich Roberta, die ehemalige Haushälterin der Ciels. Schlimme Vorwürfe hatte Frau Ciel gegen diese erhoben, als ich sie im Gefängnis besucht hatte. Ich schlich mich näher an den Stand heran. Der Warentisch war ebenso bunt bestückt wie Roberta. Ich wusste nicht, was ich zuerst begutachten sollte, die vielen Fruchtmarmeladen mit den kitschigen handgemachten Etiketten oder die darüber platzierten Schmuckstücke, die in der Sonne funkelten.

Ich begann innerlich zu zittern – waren dies etwa die gestohlenen Schmuckstücke, die Roberta dreist auf dem Markt anbot? Musste dafür Ciel sterben?

Bevor ich den Gedanken zu Ende spielen konnte, entdeckte Roberta mich und rief fröhlich: „Was für eine schöne Überraschung dich an diesem sonnigen Tag zu sehen, Harper, du musst unbedingt meine selbstgemachte Orangenmarmelade mit dem Schuss Portwein verkosten, sie ist meine Spezialität oder darf ich dir eine Rubinbrosche zeigen, die ich erst kürzlich aus einem Nachlass erhielt? Wieso bist du auf einmal so blass, mein Herzchen?", fragte sie besorgt, denn mir war die Farbe aus meinem Gesicht gewichen. „Woher hast du die Schmuckstücke, Roberta? Bist du eine Diebin!" Ich wurde rot, weil Zorn in mir aufstieg, und ich sah in neugierige Gesichter, die sich als Menschentraube um den Stand versammelten, denn Gerüchte und Streit auf dem Markt waren für viele Passanten interessanter als die angebotenen Waren. „Gib zu, Roberta, du hast den Schmuck entweder gestohlen hast. Dass du dich nicht schämst, so öffentlich Diebesgut anzupreisen! Weißt du eigentlich, wen du mit deinen kriminellen Handlungen ins Unglück gestürzt hast? Ich kann es nicht fassen, ich dachte, du wärst ein anständiger Mensch!", schrie ich zum Vergnügen der anwesenden Gaffer und es war mir in diesem Moment auch gleich, ob die Menschen mich für verrückt hielten.

Roberta, nun ebenso rot wie ich, jedoch aus Scham, versuchte mir eine weniger heftige Antwort zu geben, sie rang sichtlich nach Worten: „Harper, was redest du denn? Ich bin doch keine Diebin! Wie lange kennst du mich schon? Ich habe niemals, niemals etwas Schlechtes getan oder gar etwas gestohlen? Wie kannst du mir so eine Ungeheuerlichkeit unterstellen?" „Wie willst du denn mit deinem schmalen Verdienst zu solchen Schätzen gekommen sein?", fauchte ich sie an. Die Traube aus sensationslustigen Menschen um ums herum wurde noch dichter und einige der Marktbesucher wollten sich einmischen. Ich war plötzlich stumm und fragte mich, ob es klug gewesen war, Roberta öffentlich zur Rede zu stellen. Von weitem vernahm ich die lauter werdenden Rufe „Machen Sie Platz, lassen sie mich durch! Hier ist das Ordnungsamt, alle weg vom Marktstand!" Jetzt schien die Situation völlig zu eskalieren und ich bereute meine vorschnelle und peinliche Konfrontation. „Sie sind Mrs. Roberta Faglioni, Betreiberin Marktstand 342, ist das korrekt?", fragte ein in Grau gekleideter mittelalter Herr. „Ja, das bin ich", stotterte eine sichtlich erregte und schwitzende Roberta, die nicht wusste, was hier geschah. „Porca Miseria!", murmelte sie, „dieses gottlose Mädchen, was fällt ihr rein?" Der Officer ermahnte mich deutlich: Ich solle keine Anschuldigen erheben, wenn ich diese nicht beweisen könnte, so schimpfte er mich und verwies mich des Marktplatzes. Ich konnte keine Kürbisse mehr kaufen und ob Roberta ihren Kopf aus der Schlinge ziehen würde, konnte ich auch nicht mehr erfahren.

Kapitel 29 – Heather

203 - die exakte Anzahl der Blütenblätter des Rosenstraußes, welcher noch immer auf dem Tisch lag. Ich hatte das Gefühl vor Langeweile einzugehen. Deshalb entschloss ich mich vor einer Weile immer wieder die Anzahl der Blütenblätter zu zählen. Eine sehr einfältige Beschäftigung. Doch was sollte ich sonst tun? Ich sollte erst am späten Nachmittag entlassen werden und würde auf direktem Weg zum Abendessen mit meinen Freundinnen gehen. Florence hatte uns eingeladen und nach Hause wollte ich um nichts in der Welt. Doch bis dahin würde mich keiner von ihnen besuchen. Also war ich allein und langweilte mich. Die Tür stand halb offen, die Schwester hatte vergessen sie zu schließen. Es störte mich jedoch nicht, so konnte ich wenigstens das Stimmengewirr auf dem Gang verfolgen. So schnell wie die Ärzte und Schwestern an der Tür vorbeihuschten, konnte man fast meinen, sie

seien Engel mit ihren weißen Gewändern. Genau deshalb fiel mir eine Person besonders auf. Eine vermummte Gestalt, in Schwarz gekleidet. Sie blieb kurz vor meiner Tür stehen, blickte mir direkt in die Augen und verschwand so schnell, wie sie gekommen war. Gänsehaut bildete sich auf meinem Körper. Ich hatte das Gefühl, die Gestalt würde mir direkt in die Seele blicken. Ich rieb mir über die Augen. Doch ich sah nichts Auffälliges mehr, nur den Trubel der Ärzte. Hatte ich mir die schwarze Person nur eingebildet? Vielleicht hat mein Kopf mehr Schaden abbekommen als gedacht.

Erschöpft ließ ich mich zurück in mein Kissen sinken und schloss die Augen. Ein bisschen Schlaf würde mir guttun. Aber ich konnte nicht schlafen. Sobald ich meine Lieder schloss, sah ich diese kalten Augen. Ich war mir sicher, ich hatte mir diese unheimliche Gestalt nicht eingebildet. Und das machte mir Angst. Wer war das und was wollte er

oder sie von mir? Was ist, wenn die Person wieder-
kommt? Oder mir womöglich auflauert? Zu allem
Übel musste ich auch noch allein zu Florences Haus
laufen. Allein bei dem Gedanken wurde mir schon
ganz anders. Schnell hatte ich einen Entschluss gefasst. Ich musste jemanden bitten, mich zu begleiten. Doch wen? Meine Freundinnen wollte ich nicht
fragen, sie konnten sich leider ebenso wehren wie
ich. Und mein Bruder würde die nächsten Tage
nicht in der Stadt sein, wie er mir heute mitgeteilt
hatte. Wer bleib mir dann noch? Einer fiel mir da
ein. Frank. Doch konnte ich das von ihm verlangen,
nachdem ich ihn angeschrien hatte? Ein Versuch
war es wert, zumal ich mich wirklich für mein Verhalten entschuldigen wollte. Mein schlechtes Gewissen plagte mich, er hatte ja nichts getan. Ich
wollte mich ihm erklären. Vorsichtig stand ich auf
und schwankte Richtung Tisch, denn ich war noch
etwas wacklig auf den Beinen. Erleichtert ließ ich

mich auf einen der Stühle sinken. Ja Hilfe wäre durchaus nicht verkehrt. Mit Feder in der Hand atmete ich einmal tief durch und fing an zu schreiben.

Kapitel 30 - Harper

Wenn die Sonne durch die großen Fenster der Bäckerei schien, wirkte der Raum so einladend, dass ich nicht verstand, weshalb der Laden so schlecht lief. An den Gebäckstücken konnte es nicht liegen, denn die waren äußerst köstlich. Plötzlich schrak ich aus meinen Träumereien auf. Ein Paar blitzender brauner Augen starrten mich wütend an. Mit sichtlich rosigen Wangen knallte Roberta mir einige Dokumente vor die Nase. Verwirrt las ich die Zeilen, die vor meinen Augen lagen: *„Mit diesen Dokumenten erkläre ich die Schmuckstücke als Eigentum von Roberta Faglioni..."*

„Lies genau, Harper, ich verstehe immer noch nicht, wie du auf die Idee gekommen bist, ich hätte gestohlen. Ich habe diesen Schmuck auf legalem Wege erhalten. Ich bin doch keine Verbrecherin, ich könnte nicht einmal einer Fliege etwas zu Leide tun. Ich bin eine rechtschaffene Frau, zumal meine Liebe zu Gott zu groß ist. Schon als Kind fiel es mir schwer zur Beichte zu gehen. Also war ich brav. Also: Wie kommst du darauf, dass genau ich etwas gestohlen haben soll?" brachte sie mit vor Wut zitternder Stimme hervor. Man hatte ihr schon immer ihr italienisches Temperament angemerkt, jedoch hatte ich sie noch nie so wütend erlebt. Beschwichtigend hob ich meine Hände und fühlte mich miserabel. Wie konnte ich nur auf den Gedanken kommen, dass Roberta etwas mit dem Fall zu tun haben könnte. Ich kannte sie jahrelang und niemals hätte sie jemanden schaden können. Das schlechte Gewissen nagte an mir. Mit hochrotem Kopf antwortete ich ihr: „Roberta, es tut mir leid. Seit ich Edward Ciel tot aufgefunden habe, bin ich nicht mehr die Alte. Mir tut Magret so leid, sodass ich nur noch darauf geachtet habe, irgendjemand zu finden, der schuldig sein könnte!" Erstaunlicherweise begann Roberta zu lachen. Fragend sah ich sie an. „Ach Kind, du denkst doch nicht ernsthaft, ich könnte dir nicht verzeihen. Ich habe doch gemerkt, dass etwas mit dir nicht stimmt!" Ich servierte Roberta das köstlichste Stück Erdbeerkuchen, das sich in unserer Bäckerei befand. Erleichtert war ich, dass sich der Verdacht, den ich auf Roberta gelenkt hatte, als irrtümlich herausgestellt hatte. Aber welche Spur sollten wir nun weiter verfolgen?

Kapitel 31 - Frank

Ich hatte meinen freien Tag und überlegte, ob ich mich nicht mit ein paar Freunden verabreden sollte, als ich zum Postkasten ging. Ich pfiff nachdenklich vor mich hin und fischte ein paar Briefe heraus. Zurück im Haus schlürfte ich meinen Tee. Die Milch wirbelte in der Tasse wie eine Wolke an einem windigen Tag. Ich sah die Post durch: ein Brief von der Hausverwaltung, ein paar Rechnungen, eine Karte von meiner Mutter und schließlich - ich hustete vor Schreck. Etwas Tee schwappte über den Rand meiner Tasse - eine Nachricht von Heather!

Mit zitternden Händen öffnete ich den Brief. Ich blickte prüfend ans Ende der Nachricht. Ja wirklich, herzlichst, deine Heather, stand dort. „Herzlichst!" Ich lächelte. In schmaler, schmuckvoller Handschrift schrieb sie:

„Lieber Frank,

Ich hoffe du hattest einen schönen Tag.

Es geht mir nun wieder besser, sodass ich heute Abend aus dem Krankenhaus entlassen werde. Florence hat mich eingeladen, zusammen mit ihr in ihrem neuen Haus zu wohnen, das sie erst kürzlich gekauft hat. Allerdings fürchte ich mich, alleine vom Krankenhaus zu Florence zu gehen.

Deshalb wollte ich dich fragen, ob du mich dorthin begleiten möchtest.

Wir sind alle bei Florence zum Abendessen eingeladen.

Ich wäre sehr erleichtert, wenn du mich abholen kommst.

Herzlichst, deine Heather"

Ich sprang in die Luft und legte in meinem Morgenmantel einen Freudentanz auf mein Küchenparkett. Heather wollte, dass ich sie begleitete. Selig lächelnd blickte ich aus dem Fenster.

Abends bestellte ich einen Kutscher, den ich bat, kurz am Krankenhaus auf mich zu warten.

Ich sah Heather schon am Krankenhausportal stehen. Sie winkte mir zu. Die Kutsche stand noch nicht ganz, als ich die Tür öffnete und hinaushüpfte.

„Guten Abend, Heather, wie geht es dir?", begrüßte ich sie und reichte ihr meine Hand, um ihr in die Kutsche zu helfen. Sie sah noch ein kleinwenig erschöpft aus, aber viel gesünder als letztes Mal, als ich sie in ihrem Krankenhauszimmer besuchte.

„Mir geht es viel besser, danke der Nachfrage, Frank", antwortete sie mir und reichte mir ihre Hand. Sie wirkte filigran und zerbrechlich. Ich hielt diese, als sie drei Tritte in die Kutsche nahm und ich hielt ihre Hand immer noch, als sie bereits darin saß. Heather lächelte mir von oben aus der Kutsche zu. Eine ihrer Locken hatte sich unter ihrem eleganten Hut gelöst und berührte fast mein Gesicht. Fasziniert starrte ich sie an. Gerade wollte ich sie loslassen, doch da verstärkte sich ihr Griff, und mit einem Ruck zog sie mich ebenfalls in die Kutsche. Vor Schreck riss ich die Augen auf. So viel Kraft hätte ich ihr nicht zugetraut. Noch nie hatte mir ein Mädchen in die Kutsche geholfen.

„Danke!", murmelte ich. Gut, dass es bereits dunkel genug war, sodass Heather unmöglich sehen konnte, wie rot ich im Gesicht sein musste. Doch sie schien sehr wohl bemerkt zu haben, wie nervös ich war, und sie begann ein Gespräch: „Danke, dass du mich abholst, Frank. Es war mir ein Anliegen."

„Das tue ich gern", winkte ich ab, erleichtert, meine Fassung zurückzubekommen.

Von vorne erklang die Stimme des Kutschers, der uns zu verstehen gab, dass er gerne weiterfahren möchte: „Würden die Herrschaften mir nun bitte mitteilen, wohin es gehen soll?"

Auffordernd blickte ich Heather an und sie nannte dem Kutscher Florences Adresse. Der Kutscher murmelte etwas, das wir nicht verstehen konnten, dann gab er seinen Pferden ein Kommando, und die hölzernen Räder kamen knirschend ins Rollen. Ein vermummter Kerl, selbst zu Pferd, überholte uns. Heather zuckte zusammen, als er durch das Glas unserer Tür blickte.

„Kennst du den etwa?", fragte ich sie. „Ich bin mir nicht sicher!", flüsterte sie. Sie wirkte mit einem Mal sehr angespannt. Ich wünschte, sie würde mehr von sich erzählen.

Die Kutsche bog auf eine große Straße ein und nahm an Fahrt auf. Fremdes Hufgetrappel wurde lauter, und ein Schatten schob sich an unsere Seite, diesmal ans andere Fenster. Zischend atmete Heather ein, und packte mich an der Schulter. „Pass auf, da kommt er wieder!", flüsterte sie. Die dunkle Gestalt kam näher ans Fenster. Der schattenhafte Reiter nahm nun die Zügel in die linke Hand, mit der anderen griff er in das Revers seines dunklen Regenmantels. Langsam holte er sie wieder hervor, etwas metallisch Glänzendes umklammert. „Duck dich!" schrie Heather. Ohne weiter nachzudenken, kauerte ich mich zu ihr zwischen die Sitzbänke. „Er hat eine Waffe!", kiekste ich, als wäre das nicht offensichtlich gewesen. Heather starrte ins Leere, sie lauschte. Ich meinte, ein Klicken zu hören. Stille.

Offenbar zielte der Schütze. Das Herz schlug mir bis in die Kehle. Ein lauter Knall ertönte. Ich schlug die Hand vor den Mund, um nicht zu schreien. Die Pferde wieherten und brachten die

Kutsche ins Schlingern. Der Kutscher selbst hatte vor Schreck geschrien und trieb seine Pferde an, schneller zu laufen.

Ich drückte mich gegen Heathers Schulter. Ein weiterer Knall ertönte und ich spürte, wie sie erneut zusammenzuckte. Kreischend hallte der Schuss in der Luft wider. Ein dritter Schuss. Glass splitterte und regnete auf unsere Gesichter. Nur am Rande spürte ich ein leichtes Brennen an der Wange. Der Kutscher schrie und ließ die Peitsche knallen.

Heather ließ ihren Kopf an meine Seite sinken, sie atmete schwer. Der vierte Schuss erklang nur noch in der Ferne, sein Widerhall war nur noch schwach zu vernehmen. Ich schloss die Augen. War es überstanden? Ich traute mich gar nicht nachsehen. Immerhin hatte er noch zwei Schuss in der Trommel, wenn ich richtig gezählt hatte. Dann hielt ich es doch nicht mehr aus. Ich stand langsam auf und linste durch die zerborstenen Scheibe. Der dunkle Reiter war noch immer hinter uns. Ich duckte mich, doch er wurde langsamer und blieb schließlich stehen. Er blickte uns nach, ganz ruhig, gelassen. „Er ist stehengeblieben", informierte ich Heather, die sich nun ebenfalls aufrichtete, um hinauszusehen. Leichter Regen setzte ein, und wir konnten nur noch verschwommen sehen, wie unser Verfolger kehrt machte und schließlich im Dunst verschwand. Wir setzen uns. Kein Wort fiel, bis der Kutscher endlich hielt, und die Tür öffnete.

Ich bezahlte ihn, und gab ihm eine reichliche Entschädigung für die Strapazen und die kaputten Fenster. Misstrauisch blickte er sich um, dann verscheuchte er uns.

Schweigend standen wir da. Wir nahmen keine Notiz von dem Regen, der nun immer stärker auf uns niederprasselte.

Eine schöne hohe Holztür ragte vor uns auf: „Greenwood" prangte dort in gotischen Lettern. Heather fasste sich ein Herz, und zog an der verzierten Glockenschnur. Leise klang das Läuten durch den Flur. „Einen Moment! Ich bin sofort da!" Florences fröhliche Stimme hallte durch den Flur, der wohl groß sein musste.

Wenig später hörten wir gedämpfte Schritte, dann schwang die Tür auf und Florence erschien. Ein leiser Duft wehte durch die Tür, von dem ich sehr hoffte, dass es Patates à la Anna waren?

Kapitel 32 - Florence

Ich führte Heather und Frank in mein Wohnzimmer und bedeutete ihnen, sich an den großen Tisch zu setzten, an dem auch die anderen schon Platz genommen hatten. Ich hatte sie alle zu einem

Abendessen bei mir eingeladen. Während die beiden sich auf ihren Plätzen niederließen, nahm ich Heather genauer in Augenschein. Sie war blass und wenn man genau hinsah, konnte man erkennen, dass ihre Hände leicht zitterten. Auch Frank sah mitgenommen aus und ließ seinen Blick ruhelos durch mein Wohnzimmer schweifen. Nachdem ich Tee und Kleingebäck serviert hatte, hielt ich es nicht mehr aus und fragte, an Heather gewandt, was los sei. Sie blickte kurz unsicher zu Frank, der ihr aufmunternd zunickte und begann dann zu erzählen: "Ich, ich habe Frank gebeten, mich vom Krankenhaus abzuholen, weil ich nicht allein gehen wollte, weil ..., weil..." Sie stockte, atmete tief durch und dann begannen die Worte nur so aus ihr herauszusprudeln: „Als ich im Krankenhaus lag, da habe ich eine schwarze Gestalt vor meiner Zimmertür erspäht, die mich mit ihren kalten Augen direkt angesehen hatte. Keine Ahnung, wer diese Person war und ob sie überhaupt echt war. Bevor ich jedoch irgendetwas tun konnte, war sie auch schon wieder weg. Dann hat Frank mich mit einer Kutsche abgeholt und plötzlich... plötzlich war da ein Reiter neben uns, komplett in schwarz gekleidet und hat auf uns geschossen." Entsetzt unterbrach Harper mit lauter Stimme Heathers immer schneller gewordenen Redefluss: „Geschossen? Seid ihr verletzt?" Das letzte flüsterte sie erstickt und auch wir anderen sahen die beiden entsetzt an. Diesmal übernahm Frank das Reden, denn Heather war deutlich anzusehen, wie sehr sie die Ereignisse mitgenommen hatten. "Keine Sorge, uns ist nichts passiert, wir haben den Unbekannten früh genug gesehen und konnten uns rechtzeitig ducken, sodass er lediglich über unsere Köpfe geschossen hat." Scharf zog ich die Luft ein, zwar waren Frank und Heather nicht getroffen worden, dennoch wurden sie bedroht und das hätte auch anders ausgehen können.

"Jemand hat mehrmals auf euch geschossen und hat euch nicht getroffen?", fragte Juliette, die augenscheinlich ihre Stimme zurückgefunden hatte. Frank schüttelte den Kopf und Juliette zog die Brauen zusammen: "Findet ihr das nicht seltsam? Ich meine, überlegt doch, der Unbekannte ist neben der Kutsche geritten und ihr habt euch lediglich geduckt." "Was willst du damit sagen?", fragte Willow sichtlich verwirrt. "Naja, wenn der Reiter es gewollt hätte, dann hätte er euch treffen können. Das bedeutet, er wollte euch nicht treffen." Ich brauchte ein paar Sekunden, bis die Worte vollständig zu mir durchgedrungen waren, aber dann begriff ich. Juliette hatte Recht, man konnte sich gar nicht so klein machen in einer Kutsche, als dass mehrere Schüsse einen nicht treffen würden. "Vielleicht war es als Warnung gedacht", vermutete ich und plötzlich kam mir ein Gedanke: „Was, wenn das auch derjenige war, der die Drohbriefe schickt? Und da wir auf seine Briefe bisher nicht reagiert haben, sondern weiter ermittelt haben, wollte er uns ein für alle Mal zum Aufhören bewegen?" Es entstand eine kurze Stille, in der alle meine Worte sacken ließen, dann begannen alle wild durcheinander zu reden. Wir spekulierten, wer diese ominöse Person sein könnte, und kamen auf die wildesten Theorien. Ob Heathers Vater dahinterstecken könnte?

Plötzlich schien Harper einen Einfall zu haben, denn sie fuchtelte wild mit ihren Händen herum und begann zu sprechen: „Was ist, wenn das alles mit dem Mord und damit vielleicht auch mit dem Opium zu tun hat? Vielleicht wollte jemand an die illegalen Opiumvorräte von Edward Ciel herankommen und hat ihn deswegen umgebracht und versucht nun, uns von unseren Ermittlungen abzuhalten?" Das war definitiv eine Möglichkeit und durchaus wahrscheinlicher als unsere bisherigen Theorien, allerdings schüttelte Heather entschieden den

Kopf: "Nein, das alles hat nichts mit dem Opium zu tun. Als ich im Krankenhaus war, habe ich zwei Krankenschwestern miteinander reden gehört und die eine sagte, wie tragisch es sei, dass Ciel gestorben sei, da er das Krankenhaus regelmäßig mit Opiaten versorgt habe. Die Spur führt also ins Nichts." Zwar erleichterte mich diese Nachricht, allerdings bedeutete das ebenfalls, dass wir nun keine einzige Spur mehr hatten, die uns zum dem mysteriösen Unbekannten führen konnte.

Plötzlich riss mich die Türglocke aus meinen Gedanken. Während die anderen weitere Spekulationen anstellten, öffnete ich. Davor stand ein älterer Mann mit grau meliertem Haar, einem schwarzen Anzug und eine Aktentasche unter dem Arm. Die besagte Tasche öffnete er und holte einen zusammengehefteten Stapel Blätter heraus:" Guten Abend, die Dame. Ich bin Mr. Bright, der Notar von Lord Winchester und bin hier, um ihnen den fertig unterschriebenen Kaufvertrag zu überreichen. Sollten sie Fragen haben, können sie mich oder Lord Winchester jederzeit kontaktieren, der Lord hat ihnen einen Zettel geschrieben, mit der Adresse, unter der er erreichbar ist. Ich wünsche Ihnen noch einen schönen Abend." Dankend und ebenfalls einen Abschied murmelnd, nahm ich ihm den Vertrag entgegen und trat zurück in mein Haus. Während ich die Tür hinter mir wieder schloss, fiel mein Blick auf den Zettel mit der Adresse, den Herr Bright auf den Vertrag gelegt hatte und augenblicklich wurde mir kalt. Die Welt verschwamm und ich hatte das Gefühl keine Luft mehr zu bekommen. Das konnte doch nicht wahr sein. Ich schnappte nach Luft, wollte mich an etwas festhalten und stieß dabei versehentlich den Schirmständer im Flur um. Es krachte laut, aber ich konnte nichts tun außer wie hypnotisiert auf den Zettel zu schauen. Den Zettel mit *der* Handschrift. Juliette kam in den Flur und fragte mich, was los sei und wer das an der Tür gewesen sei, aber als ich ihr nicht antwortete, nahm sie mich einfach nur am Arm und bugsierte mich ins Wohnzimmer. Das Gespräch war verstummt und alle schauten mich mit großen Augen an, als ich den Vertrag auf den Tisch fallen ließ, mit der Hand auf den Zettel deutete. "Das ist die Handschrift. Das ist die verdammte Handschrift!", murmelte ich. Es dauerte eine Weile, bis meine Freunde es begriffen. Ich merkte, wie sich ihre Augen nacheinander erst weiteten und sie dann ungläubig den Kopf schüttelten. Niemand sagte etwas, bis Frank das Offensichtliche aussprach: "Das ist dieselbe Handschrift, wie die in unseren Drohbriefen."

Wieder trat eine unheilverkündende Stille ein, alle waren damit beschäftigt, diese Information zu verarbeiten. Lord Phillipp Winchester hatte diesen Zettel geschrieben und da die Schrift identisch mit der auf den Drohbriefen war, bedeutete das, dass diese ebenfalls vom Lord geschrieben worden waren. Lord Winchester bedrohte uns, vielleicht war er sogar der schwarze Reiter vorhin gewesen. Aber warum? Welches Interesse mochte er daran haben, uns solche Angst einzujagen? Schließlich hatte er mir sein Haus verkauft und mir gesagt, wie sehr er hoffe, dass ich möglichst lang darin leben würde. Dann hatte er mir eine glückliche Zukunft gewünscht. Er hatte einen netten Eindruck gemacht. Er wirkte nicht wie jemand, der zu einer Straftat fähig ist. „Warum hat er das getan?" Die anderen hatten auch keine Antwort auf meine Fragen und so blieb es still, bis Juliette schließlich das Schweigen brach: "Lasst uns Whiskey trinken und unsere Todesangst hinunterspülen?" Die anderen wirkten zuerst verwundert, schließlich willigten sie jedoch ein. Die ängstliche und bedrückende Stimmung verschwand mit jedem neuen Schluck und wir wurden ausgelassener. Ich hatte keine Ahnung, wie viel ich schon getrunken hatte, aber ich fühlte mich zunehmend unbeschwert. Gemeinsam mit Juliette tanzte ich lachend zu einer lautlosen Melodie durch das Zimmer und gemeinsam stolperten wir über alles, was uns im Weg lag. Nach einer besonders schwungvollen Drehung stießen wir gegen zwei Stühle, die als Reserve neben meinem Sessel standen und für die ich noch keinen Platz gefunden hatte. Mit schmerzverzerrtem Gesicht hob Juliette lachen einen Stuhl auf und rief lallend: "Den brauchen wir nicht, der steht nur im Weg!" Mit diesen Worten warf sie den Stuhl in die Ecke des Zimmers, wo er krachend zu Boden fiel. Ich lachte: "Ich wusste nicht, dass du so stark bist!" So manches Möbelstück sollte diesen Abend nicht überstehen, dennoch war es eines der schönsten Treffen, das ich mit meinen Freunden bisher erlebt hatte.

Kapitel 33 - Harper

Pochend schmerzte mein Kopf. Niemals hätte ich gedacht, dass Alkohol so eine extreme Wirkung hat. Den sollte ich in nächster Zeit erstmal außen vorlassen. Immer noch war es mir peinlich, dass ich mit staubtrockenem Mund heute auf Juliette aufgewacht bin. Völlig verdattert hatte ich sie angesehen und erst dann realisiert, dass ich auf ihr eingeschlafen war. Ich begleitete Willow, Frank und Juliette zur Tür, denn sie hatten vor, sich zu Hause auszukurieren. Das hallende Geräusch unserer Schritte breitete sich unangenehm in meinem Kopf aus. Alles war viel zu laut, jedes Wort, jedes Geräusch. Auch meine Freunde hatten nicht das Bedürfnis, mir etwas mitzuteilen, weshalb wir schweigend nebeneinander den langen Flur entlangliefen. Schwer atmend öffnete ich die riesige Holztür. Ein lauter Schrei entwich meiner Kehle, bevor ich überhaupt realisieren konnte, was sich vor unserer

Eingangstür befand. Der Anblick, der sich vor uns erstreckte, der Schock fraß sich tief bis in meine Knochen. Ein Schauder verließ meinen Körper. Auf unserer Fußmatte befand sich Florence´ Taube. Sie war tot. Ihr verstellter Kopf sprach eindeutig dafür. Überall im Vordergarten verteilt, lagen ihre weißen Federn. Oh Gott, das arme Täubchen. Aber das war noch längst nicht das Schlimmste. Blutschlieren befanden sich auf dem weißen Marmor der Treppe. Dieses stammte aus dem Kopf der Taube, denn dieser wurde auf brutalste Art und Weise enthauptet. Auch der Garten, der sonst so schön in seinen Herbstfarben leuchtete, wirkte düster und kalt. Die anderen versammelten sich hinter meinem Rücken. Florence kniete sich weinend neben die Überreste ihrer Taube, während Heather noch blasser wirkte als sonst. Frank nahm sie in den Arm und beruhigte sie. Daneben stand Juliette, die zwar einigermaßen gefasst aussah, aber Willow zitterte am ganzen

Körper. Mit prüfendem Blick suchte sie die Gegend nach dem Übeltäter ab. Mir wurde übel, warum wurde uns sowas angetan? Fassungslos sah ich mir nun in aller Nähe das Gemetzel an. Was mir vorher nicht aufgefallen war, ist, dass in dem Tier eine Patrone steckte. Sie musste erschossen worden sein und im Nachhinein verunstaltet und enthauptet.

„Damit lassen wir dieses Scheusal nicht durchkommen. Wir werden ihn hinter Gitter bringen. Das kann ich euch sagen, wir werden uns keinesfalls unterkriegen lassen!", sagte ich voller Überzeugung. „Seht mal, ich hab hier was gefunden", stotterte Florence. Sie hielt einen kleinen Zettel in der Hand, den sie zuvor vom Fußgelenk der Taube entfernt hatte. Vorsichtig öffnete sie das kleine Stück Papier. Bedacht las sie langsam das Geschriebene. Wort für Wort wurde ihr Gesicht um Nuancen blasser, obwohl das kaum vorstellbar war, bei ihrer fahlen Haut. Heather hielt es nicht mehr aus und fragte ungeduldig aber gleichzeitig ängstlich: „Florence, was steht auf dem Zettel?". Jedoch antwortete sie nicht, sie war wie eingefroren. Behutsam zog Willow ihr die offenbare Drohung aus der Hand. Mit zitternder Stimme las sie vor: „Die nächste Patrone ist für einen von euch. Und diesmal verfehlt sie ihr Ziel nicht! Hört auf, nachzuforschen oder ihr seid allesamt tot!"

Ich konnte es nicht fassen. Welches Geheimnis sollte hier verheimlicht werden?

„Ich habe Angst, große Angst!", gestand Willow und Heather nickte zustimmend. „Wir sind momentan alle ängstlich," sagte Frank, „aber es wird sich niemals etwas an der Situation ändern, wenn wir nicht entgegenwirken. Außerdem geht es hier nicht nur um uns, es sitzt eine Frau unschuldig im Gefängnis. Wir müssen sie befreien. Und ich weiß auch, dass wir es schaffen. Heather, Florence, Harper,

Willow und Juliette wir sind nicht allein. Und wir stehen das gemeinsam durch."

Kapitel 34 – Willow

„Verrückte Idee, aber…" Die Worte waren über meine Lippen gestolpert, bevor ich richtig achgedacht hatte. „Was, wenn wir einen Spion einstellen, der bei diesem Lord einbricht?"

Harper hob ihre Augenbrauen. „Einen Spion? Wieso das denn?"

Ich legte meine Pläne dar: „Wenn unsere Vermutung stimmt und dieser Philip Winchester hat uns wirklich die Drohbriefe geschickt und die Taube getötet, dann sollte wir ihn beschatten!"

„Aber dafür brauchen wir doch keinen Spion", warf Heather ein. „Im Einbrechen haben wir mittlerweile ausreichend Erfahrung, oder etwa nicht?"

Sie lag nicht falsch. So schnell wollte ich meine Idee allerdings nicht aufgeben. „Aber wir wurden letztes Mal schon beinahe erwischt!" Während ich redete, streifte mein Blick für einen minimalen Moment das Fenster. Moment! Was war das? Ein Schatten?

Meine Augen waren bereits weitergewandert, da hatte ich erst bemerkt, dass etwas seltsam gewesen war. Ich schielte zurück zu der Stelle.

„Aber die Idee ist gut", fiel Juliette ein. Florence nickte: „Lasst uns diesen Philipp Winchester beschatten!"

Auch Harper und Frank wirkten nun von diesem Plan überzeugt. „Was soll schon schief gehen?", Frank klopfte Heather auf die Schulter. „Ihr Damen scheint überaus talentiert darin zu sein, euch dem Gesetz zu widersetzen."

Kapitel 35 - Heather

Drei Tage später war es soweit. Unser Plan sollte in Tat umgesetzt werden. Wir machten uns auf den Weg Lord Phillip Winchesters Haus. Allerdings war unser Vorhaben riskant. Allein bei dem Gedanken, was uns alles passieren könnte, lief es mir kalt den Rücken hinunter. „Denkt ihr wirklich, dass es eine gute Idee ist?", fragte Florence skeptisch. Ich war offenbar nicht die Einzige, die Zweifel an unserem Vorgehen hatte. „Es wird uns schon nichts passieren und selbst wenn, ich knocke jeden aus, der sich uns in den Weg stellt", hielt Juliette dagegen. „Solange wie zusammen halten, wird schon alles gut gehen!", auch in Harpers Augen konnte man Entschlossenheit erkennen. Dann standen wir vor Lord Winchesters Anwesen, es war nicht besonders auffällig, ein schlichtes Backsteingebäude mit blühendem Garten. Nichts, was auf kriminelle Machenschaften hinweisen würde. Vorsichtig schlichen wir durch seinen Garten zur Kellertür. Von dort würden wir in das Innere des Hauses gelangen und hoffentlich belastendes Material finden. Plötzlich hörte ich ein Knacken hinter mir. Panisch griff ich Harpers Arm. Doch es war nur Willow, die auf einen Ast getreten war. Wir fanden uns vor einer schweren Eichentür wieder. „Passt auf euch auf!", mahnte Juliette. Sie würde an der Kellertür auf uns warten und uns warnen, falls sie etwas Auffälliges bemerken sollte.

Tief atmete ich ein. Wir würden es schaffen, komme was wolle! Vorsichtig legte ich meine zitternde Hand auf die Klinke, um sie herunterzudrücken. Ungewiss, was hinter dieser Tür auf uns warten würde. Vor uns lag ein schwarzer Raum. Harper ging als erste hinein, die anderen folgten. Ich versuchte mich zu beruhigen, das war mir nicht geheuer, ein schlechte Gefühl blieb. Eine große Hand legte sich in die meine, es war Franks. Er musste mein Unwohlsein bemerkt haben. Dankbar versuchte ich ihn anzulächeln, woran ich kläglich scheiterte. „Gemeinsam?", seine Anwesenheit beruhigte mich. „Immer!", erwiderte ich. Zusammen machten nun auch wir uns aus den Weg ins Innere. Der Keller war feucht und kalt. Eine Gänsehaut überzog meinen Körper. „Wir müssen uns beeilen, am besten teilen wir uns auf, Harper, Willow, ich und Frank mit Heather!", meinte Florence.

Gesagt getan, als erstes kamen wir in die Speisekammer, nichts Auffälliges war zu finden. Wie führten unseren Weg fort und gelangte in den Weinkeller. Auch dieser sah auf dem ersten Blick unauffällig aus. Fässer über Fässer stapelten sich bis zur Decke. Die Regale waren voll mit teurem Wein. Ein Fass stich mir besonders ins Auge. Es war eines mit Portwein. Den gleichen tranken wir am Abend mit unseren Freunden, bevor wir uns nähergekommen waren. Der Keller war kein romantischer Ort, aber wir waren nun ganz allein. Ich hörte Franks Atem und ging langsam auf ihn zu, bis ich nur noch wenige Zentimeter entfernt vor ihm stehenblieb. Ich ergriff seine Hand, dabei durchfuhr mich ein angenehmes Kribbeln. „Frank, ich wollte dich nie verletzen. Aber es ist nicht einfach für mich, weißt du". „Dann erklär es mir doch endlich! Und hör auf immer wegzulaufen!" Ich blickte zur Seite, ich konnte ihm nicht in die Augen sehen, meine nächsten Worte verlangten mir viel ab. „Frank, ich…", tief atmete ich ein. Das kann dich nicht so schwer sein. Doch Frank schien meine Stille falsch interpretiert zu haben. „Na, wenn das so ist!", er entzog mir seine Hand und setzte zum Gehen an. Bevor ich etwas tun konnte, stürmte Willow zu uns. „Los kommt, wir haben etwas gefunden!", rief sie. Frank folgte ihr. Eine Träne lief mir über die Wange. „…liebe dich", flüsterte ich in die Stille. Gehört hatte mich niemand. Schnell steckte ich meine Gefühle in eine

Schublade, so wie ich es immer tat und setzte ein Lächeln auf. Auch ich eilte nun zu meinen Freunden, die vor einem alten Schrank versammelt waren. „Da bist du ja endlich!" „Der Schrank ist kein gewöhnlicher Schrank, in ihm ist eine Tür", sprach Willow. Ohne zu zögern, lief Frank auf die Tür zu. Gespannt hielt ich den Atem an. Was auch immer hinter dieser war, entschied über unseren Sieg oder Niederlage. Einer nach dem anderen traten wie ein. Der Raum dahinter, war riesig. An den alten Steinmauern waren Fackeln entzündet, die den Keller in ein geheimnisvolles Licht tauchten. Der ganze Raum war voller Kunstgegenstände: von Vasen und Bronzen über Schmuck und Bilder. Allesamt ordentlich sortiert und eines kostbarer als das andere. „Unglaublich", flüsterte Harper in die Stille hinein. Damit sprach sie das aus, was wir alle dachten. Noch nie in meinem Leben hatte ich solche Schätze gesehen. Ich ging an den Bildern vorbei, guckte sie mir genau an. Siehe da, dort stand das von Ciel in Auftrag gegebene Kunstwerk. Mir kam eine Idee. Und tatsächlich neben einem Bild, betitelt mit „Wohnzimmer der Königin" von James Baker Pyne war das Gemälde, welches bei der Besichtigung in Florences Haus hing: „The first of may". Mittlerweile wusste ich auch, warum es mir damals so bekannt vorkam.

„Schaut her, das ist ein Bild vom englischen Königshaus. Und zwar das Original. Das echte hat einen Kratzer in der Ecke, genau wie dieses hier, seht ihr?", dabei deutete ich auf das genannte Gemälde. „Das heißt, wir hatten Recht, Ciel kopiert teure Kunstgegenstände und gibt den Eigentümern die Fälschung, während er das Original behält", stellte Harper fest. „Korrekt!". Florence freute sich: „Jetzt haben wir ihn, wie müssen nur…"

Ein ohrenbetäubender Knall ertönte, dann ein Schrei. Ein Windhauch strömte durch den Keller und ließ die Schatten der Lichter einen bedrohlichen Todestanz vollführen. Mein Herz raste, das Blut rauschte in meinem Kopf. Was war gerade passiert? Blanke Angst durchfuhr meinen Körper und lähmte mich. „Rennt!", rief Frank. Und genau das tat ich, ich rannte, als wäre der Teufel hinter mir her.

Kapitel 36 - Juliette

In dem Garten vor der Eingangstür reckten sich die schattenhaften Silhouetten alter Bäume empor, ihre knorrigen Äste wie verzweifelte Finger in den nachtdurchdrungenen Himmel gestreckt. Ein eisiger Hauch strich über das gefallene Laub, während die Nebelschwaden sich träge über den feuchten Boden wälzten. Die Dunkelheit, von den schwindenden Resten des Tageslichts kaum erhellt. Verwitterte Statuen ragten aus den Schatten, ihr Stein von Moos und Flechten überzogen, als ob sie selbst

dem Verfall anheimgefallen wären. Ein leises Ra-
scheln hallte durch die Luft, gefolgt von einem
schaurigen Flüstern, das aus den finsteren Ecken
des Gartens zu kommen schien. Ein Hauch von Düs-
terheit lag in der Luft, begleitet von einem unheim-
lichen Knistern. Die düstere Kulisse wurde von den
fahlen Scheinwerfern der Gaslaternen nur spärlich
erhellt, ihr flackerndes Licht kaum im Stande, die
drohenden Schatten zu vertreiben. In den Ecken
lauerte das Unheimliche, während die Nacht ihre
schwarzen Schleier über den morbiden Garten
legte, ihn in ein Reich der Dunkelheit verwandelnd.
Ich ging in die Mitte des Gartens und dort Versteckt
im Gras unter einer der Statuen, die wie Phoenix
aussah, lag etwas, das im Laternenlicht schimmerte, ich trat näher und bückte mich. Ich hob den
Gegenstand auf und bestaunte das Messer, das sich
nun in meinen Händen befand. Indem ich es an
mich nahm, ging ich wieder an meinen Platz vor die

Tür, um Wache zu halten. Schließlich befanden sich meine Freunde in Lord Winchesters Haus, es galt vorsichtig zu sein. Als ich eine Gestalt im Garten ausmachte, die auf das Haus zukam, schrie ich so laut ich konnte. Ich hoffte, meine Freunde würden meine Warnung innen hören und sich so schnell wie möglich davonmachen. Die Gestalt kam näher. Ich konnte sie erkennen. Es war Sir Philipp Winchester. Breitbeinig stelle ich mich mit dem Messer in der Hand vor die Tür. Er würde meinen Freunden nichts tun. Dafür würde ich sorgen. Jedoch bekam ich es mit der Angst zu tun, als er plötzlich eine Pistole aus seinem rabenschwarzen Mantel zog und sie auf mich richtete. „Es ist Zeit von hier zu verschwinden!", warnte er mich, doch ich schüttelte nur den Kopf. Da passierte es. Ein kalter Schauer durchzog meinen Körper, als beißender Schmerz mein Bein durchzuckte. Der dumpfe Knall der Pistole hallte in meinen Ohren wider. Jeder Atemzug wurde zu einer Qual, als der Schmerz sich wie eine eiserne Klaue in mein Fleisch grub. Mein Herzschlag dröhnte in meinen Ohren, als ich mich gezwungen sah, mich humpelnd vorwärts zu bewegen, das Bedürfnis nach Sicherheit trieb mich an. Mein Verstand war in einem Wirbel aus Schmerz und Verzweiflung gefangen. Jeder Schritt war eine Qual, jeder Atemzug ein Kampf. Plötzlich konnte ich nicht mehr klar denken, mir wurde schwarz vor Augen. Als ich die Augen wieder öffnete und mich voller Schmerz wieder auf die Beine richtete, kamen Frank und die anderen angerannt.

Kapitel 37 - Frank

Ein Schuss fiel. Juliette schrie auf. Verdammt, er musste sie getroffen haben! Zum Glück war es nur ihr Bein. Florence packte ohne Zögern Juliettes Arm und schleppte sie mit sich, wir mussten schnell weiterkommen.

Panisch, aber so leise wie nur irgend möglich liefen wir die Straße entlang, unseren Angreifer konnten wir im Dunkeln nicht sehen. Alle paar Meter sah ich über meine Schulter zurück. Plötzlich spürte ich einen brennenden Schmerz. Der Widerhall eines Schusses kreischte durch die leere Gasse. Ich sog scharf die Luft ein. Wo war dieser Bastard von einem Kunstfälscher nur? Unwillkürlich verlangsamte ich meinen Schritt, als ich die Dunkelheit nach dem Schützen absuchte.

„Frank! Hat er dich erwischt?!" Heather! Besorgt sah Heather mich von Weitem an. Ich winkte ab, um zu signalisieren, dass es nicht allzu schlimm sein konnte. Immerhin war es nur ein Streifschuss - auch wenn er brannte, als hätte jemand Salz in eine tiefe Wunde gestreut. Heather holte zu den anderen auf, um nach Juliette zu sehen.

Mein Blut rauschte in den Ohren und alles begann sich zu drehen, als ich sah, wie blutüberströmt meine linke Hand war, mit der ich die Blutung zu stoppen versuchte.

„Lauf schneller, Frank, er beobachtet dich bestimmt in diesem Moment!", sagte ich zu mir selbst mit zusammengebissenen Zähnen. Die Mädchen wurden immer kleiner und verschwanden schließlich um das nächste Straßeneck. Ich keuchte vor Anstrengung. Gerne hätte ich angehalten, um zu überprüfen, ob der Streifschuss eine wichtige Ader getroffen hatte. Der Boden begann zu schwanken und mein Sichtfeld bekam Flecken. Ich durfte nicht langsamer werden.

Zur Sicherheit blickte ich mich noch einmal um, als ich wie vom Donner gerührt stehenblieb: Da war er, ruhig stand er in der Mitte der Straße: groß gewachsen und dunkel gekleidet. Langsam hob er die Hände, sein Revolver glänzte im schwachen Licht. Dann, als hätte eine größere Macht die Zeit verlangsamt, klickte der Hahn und der Rückstoß schlug den durchgestreckten Arm des Schützen zurück.

Etwas traf mich seitlich am Bauch, dort wo sich die Leber befindet. Gedämpft, wie unter Wasser, hörte ich wie der Schuss fiel. Ich blickte an mir herunter. Etwas Dunkelrotes breitete sich schnell auf meinem Hemd aus. „Das hat meine Mutter mir letztes Jahr zu Weihnachten geschenkt!", sagte ich empört, etwas erschrocken darüber, wie schwach meine Stimme klang. Bald war meine gesamte Kleidung rot. Auch das Pflaster der Straße wurde rot, alles wurde rot! Sogar die Sterne waren rot. Da war ein Schmerz, ein starker Schmerz. War es ein Schmerz? Etwas traf mich am Kopf. Der Boden? Die roten Sterne glühten über mir. Dann verdunkelte etwas den Himmel. Ein hageres Gesicht.

Winchester!

Trotz der Dunkelheit waren die Pupillen seiner stahlgrauen Augen winzige Punkte. „Tragisch, ein so vielversprechender junger Arzt, gestorben an seiner Neugier!", drang es an meine Ohren. Er hob seine rechte Hand. Einen Moment, der wie eine Ewigkeit zu dauern schien, blickte ich dem Revolver in sein starres Auge.

Er betätigte den Abzug, es knallte. Blut spritzte dem Schützen ins Gesicht, das völlig unbewegt blieb. Gnadenlos. Nur sein Augenlid zuckte kurz. Jemand röchelte, als hätte er eine Menge Blut in der Luftröhre. Ich schmeckte Eisen. Dann machte das hagere Gesicht den Himmel wieder frei. Die Sterne drehten sich, und kamen näher. Und obwohl ich nach Kräften versuchte, sie am Leuchten zu halten, wurden die Sterne dunkel und verschwanden.

Ich dachte nur noch daran, dass ich das unbedingt Heather erzählen müsste. Sie wäre sicher bestürzt darüber, dass die Sterne fort waren.

Kapitel 38 - Florence

Ich konnte nicht mehr, mein Atem ging keuchend, ich zitterte am ganzen Körper und mein Herz schien mir vor Aufregung jeden Moment aus der Brust zu springen. Erschöpft blieben wir vor dem Krankenhaus stehen und ein Seitenblick genügte, um zu sehen, dass die anderen genauso aussahen, wie ich mich fühlte. Juliette ließ sich auf den Boden fallen, ihr Gesicht war kreidebleich und schmerzerfüllt sah sie auf ihr blutendes Bein. Während ich langsam versuchte, wieder zu Atem zu kommen und mein Herz zu beruhigen, sah sich Heather hektisch um und wurde noch blasser als ohnehin schon, als sie schließlich verzweifelt flüsterte: "Frank!? Wo ist Frank?" Aber egal wohin wir auch blickten, Frank war nirgends zu entdecken. Während die anderen überlegten, wo er sein könnte und wo sie ihn das letzte Mal gesehen hatten, überkam mich die Erinnerung und katapultierte mich ein paar Minuten zurück.

Ich keuchte und mein Herz raste, während wir rannten, so schnell wir konnten. Wir stützten Juliette, auch wenn sie versuchte, so gut es eben mit dem angeschossenen Bein ging, selbstständig zu laufen. Ich musste mich ermahnen, nicht ständig zu der blutenden Wunde zu blicken, sondern möglichst schnell in Richtung Krankenhaus zu laufen. Ich war noch immer geschockt von der Tatsache, dass auf Juliette tatsächlich geschossen wurde und versuchte verzweifelt, mich nicht von der Panik überwältigen zu lassen, als plötzlich erneut ein Schuss ertönte und kurz darauf ein schmerzerfülltes Stöhnen folgte. Reflexartig drehte ich mich um, während die anderen weiterliefen. Ich sah Frank, der auf dem Boden lag und versuchte sich aufzurichten. Um ihn war Blut. So viel Blut. Eine ganze Pfütze voll Blut hatte sich um ihn gebildet und es strömte immer mehr aus seinem Körper. Ich konnte nicht sehen, wo er getroffen worden war und wie schlimm es wirklich war, aber bei seinem Anblick blieb ich automatisch stehen. Ich warf einen kurzen Blick nach vorne, aber die anderen hatten nichts von alldem mitbekommen und liefen weiter. Ich drehte mich zurück zu Frank und in diesem Moment sah ich eine dunkel gekleidete Gestalt hinter ihn treten, in der Hand eine Pistole. Lord Phillipp Winchester. Ich stand wie festgefroren auf der Straße, keiner meiner Muskeln bewegte sich und ich konnte die beiden nur anstarren. Mein Herz stockte kurz, nur um dann mit doppelter Geschwindigkeit weiter zu schlagen und eine wahnsinnige Angst überfiel mich. Ich konnte nicht glauben, dass das tatsächlich passierte. Niemals hätte ich gedacht, dass wir bei unseren Ermittlungen einmal in Lebensgefahr schweben würden. Noch immer sah ich mit starrem Blick auf das groteske Bild, das sich in der dunklen Gasse abspielte. Langsam hob der Lord seinen Arm mit der Pistole und wie in Zeitlupe sah ich, wie er auf den Abzug drückte und dadurch zurückgestoßen wurde. Der Schuss hallte in der Gasse wider und holte mich zurück in die Realität. Ich zuckte zusammen, plötzlich kam wieder Leben in meine Glieder und ich drehte mich in Richtung der anderen, während ich zu rennen begann, um sie ein-zuholen. Mein Blick zuckte zurück zu Frank, aber ich erlaubte mir nicht länger zurückzusehen, sondern konzentrierte mich nur darauf, von hier wegzukom-men. Ich wusste in diesem Moment, Frank würde nicht nachkommen, aber ich wusste auch, dass es nichts gab, was ich für ihn tun konnte, und so lief ich einfach immer weiter gerade aus.

Ich sah in Heathers Gesicht und in dem Moment, in dem ich zu sprechen begann, zeichnete sich Erkenntnis darin ab. Sie klammerte sich an Harper, die mit verwirrtem Gesichtsausdruck neben ihr stand und ich begann mit stockender Stimme zu sprechen: „Frank wird nicht kommen." Suchend sah sich Heather um und ich sprach weiter: "Lord Winchester hat ihn erschossen. Ich habe es gesehen, aber och konnte nichts mehr für Frank tun!" Betroffen sah ich in die Gesichter der anderen, die ein Spiegelbild meines eigenen waren. Harper sah bestürzt zu Heather, die sich schluchzend an sie klammerte, Willow starrte mit leerem Blick ins Nichts und Juliette? Juliette saß mit bleichem Gesicht am Boden. Das holte mich aus meinen Gedanken und erinnerte mich daran, weswegen wir zum Krankenhaus gekommen sind. Ich drückte die Klinke nach unten und stützte Juliette zusammen mit Willow, um sie nach drinnen und zu einem Arzt zu bringen.

Nachdem Juliette in ein Behandlungszimmer gebracht wurde und wir zu einer Sitzecke geleitet wurden, verlangte ich nach einem Polizisten. Die Krankenschwester musste uns die Panik und den Schock angesehen haben, denn sie stellte keine weiteren Fragen und versprach, sofort einen Boten zum Polizeirevier zu schicken. Ich nickte nur. Niemand von uns schien recht zu begreifen, was hier gerade geschehen war.

Kapitel 39 - Harper

Juliettes Wunde musste untersucht werden. Sie hatte einiges an Blut auf der Flucht verloren. Mein Kopf war wie leergefegt, seit wir aus dem Haus des Kunsthändlers geflohen waren. Aber Heather wirkte noch aufgelöster. Zappelig lief sie im kahlem Gang der Notaufnahme hin und her, während wir auf den Polizisten warteten. Wir wussten nun über

Lord Winchesters Machenschaften Bescheid, aber wie sollten wir ihm seine Schuld nachweisen?

Aus der Ferne erkannte ich einen eher etwas älteren aussehenden Mann mittleren Alters, der auf uns zuschritt. Sein mürrischer Blick verriet uns, dass er nicht begeistert war unsere Aussagen anzuhören. Wieder versank ich in einem negativen Gedankenstrudel. Eine gerunzelte Stirn blickte uns entgegen: „Guten Tag, die Damen. Was ist Ihr Anliegen? Ich habe nicht lange Zeit und hätte diesen Teil hier gerne hinter mir. Geht es um wieder um irgendein Schmuckstück, das verschwunden ist?", begrüßte er uns mit gespielter Freundlichkeit. Florence übernahm das Gespräch und schilderte ihm, was geschehen war. Der Offizier bat uns sitzenzubleiben sowie weiterhin zu warten, denn er hatte vor uns einzeln zu befragen. Willow wollte er als erstes hören. „Heather, komm mal her!", flüsterte mir Juliette leise zu. Ihre Haut glich der eines Gespenstes.

Unauffällig näherte ich mich ihr. „Ich habe versehentlich ein Messer mitgenommen. Was soll ich denn jetzt damit machen? Nicht, dass ich noch des Mordes beschuldigt werde!" Sie zeigte mir unauffällig ein Messer in einer Froschscheide, dass aus einem filigranen hölzernen Griff bestand sowie einer beängstigend langen Klinge.

Ein mulmiges Gefühl breitete sich in mir aus. Wer weiß, was alles schon mit diesem Messer erlegt wurde. „Juliette, wo zum Teufel hast du das her?", fragte ich schockiert. Mein Blick war an das Messer gefesselt. Irgendwo hatte ich es schon einmal gesehen. „Ich habe es an einer Statue entdeckt und wollte es doch nur zur Verteidigung nutzen!", brachte sie besorgt hervor. Das Zittern in ihrer Stimme war deutlich hörbar. Aber wer verzierte seine Staute mit einem Messer? „Kann ich mir das Messer mal ansehen? Irgendwas kommt mir bekannt vor!", fragte ich Juliette, weiterhin bedacht den Polizisten nicht auf uns aufmerksam zu machen. Dieser unterhielt sich im Moment mit Willow. Heimlich überreichte mir Juliette die Klinge. Der Griff des Messers schmiegte sich an meine Hand. Es war deutlich schwerer als ich es mir vorgestellt hatte. Als ich es in meiner Hand wendete fielen mir auf der anderen Seite zwei eingeritzte Buchstaben auf: „*E.C.*" Seltsam, eigentlich sollten dort doch die Initialen des Kunsthändlers stehen. „Juliette schau mal, auf dem Messer stehen zwei Initialen. E und C. Aber die gehören ja nicht dem Kunsthändler." In meinem Kopf ratterte es, die Ereignisse des Tages blieben eben auch an mir kleben. Aber plötzlich ergab alles einen Sinn. „Edward Ciel... die beiden Buchstaben stehen für das Mordopfer.

Kein Wunder, dass mir das Messer so bekannt vorkam. Es war sein Jagdmesser. Ein paar mal hatte er es mir gezeigt, da er es in seiner Vitrine aufbewahrte. Dort befanden sich alle seine unterschiedlichen Waffen. Aber das heißt ja…", den Rest des Satzes konnte und wollte ich nicht aussprechen. Mir wurde übel. Das Messer fühlte sich von Sekunde zu Sekunde immer schwerer an. Aber es war nicht irgendein Messer, es musste sich höchstwahrscheinlich um das Tatmesser handeln. Das war die einzige logische Erklärung, weshalb sich eines von Ciels Messern im Garten des Kunsthändlers befand. Meine Gedanken drehten sich. Eine Mordwaffe befand sich in meinen Händen. Fragend sah mich Juliette an. Schnell sammelte ich mich und erklärte ihr alles.

„Ich halte grade die Lösung all unserer Probleme in meiner Hand. Juliette du bist einfach genial. Du hast nicht einfach nur irgendein Messer mitgenommen, sondern das Messer, das für den Mord an Edward Ciel verwendet wurde. Damit haben wir einen handfesten Beweis." Fassungslos sah Juliette mich an. Wir haben es geschafft.

Kapitel 40 – Heather

Endlich war Frühling. Vor genau acht Wochen und fünf Tagen hatten wir herausgefunden, dass Lord Phillip Winchester hinter allem steckte und haben somit den Fall gelöst. Und vor genau acht Wochen uns fünf Tagen starb Frank und mit ihm mein Herz. Erst konnte ich nicht glauben, dass Frank nicht mehr da war. Der Schmerz saß tief und an manchen Tagen hatte ich das Gefühl an ihm zu ersticken. Nicht nur, dass wir in einem Streit auseinander gegangen waren, auch konnte ich ihm nie meine Liebe gestehen. Er dachte, ich liebte ihn nicht, dabei liebte ich ihn so sehr, dass ich alles für ihn aufgegeben hätte. Ich hatte alles geplant.

Nachdem der Fall abgeschlossen wäre, hätte ich mit ihm fortgehen können. Wir hätten irgendwo neu anfangen können. Doch das wusste er nicht. Ich hatte Angst, dass mein Vater ihm etwas getan hätte und versuchte ihn deshalb auf Distanz zu halten. Aber man kann sich gegen seine Gefühle nicht wehren. Jeden Tag bin ich seither an Franks Grab gewesen und habe ihm von meinem Tag erzählt. Schon damals hatte er immer ein offenes Ohr für mich gehabt. Wenn die Sonne schien, stellte ich mir vor, Frank schickte mir ein Stückchen Hoffnung. Und jeden Tag, wenn es regnete, weinte er mit mir.

Die letzten Wochen war schwer - für uns alle. Regelmäßig haben wir uns getroffen, um unsere Wunden gemeinsam heilen zu lassen. So auch heute. Sogar Barnie war gekommen. Er erzählte uns, dass Philipp Lord Winchester festgenommen ist und demnächst der Prozess eröffnet wird. Barnie hat uns auch darüber informiert, dass Margret Ciels freigelassen worden ist. Außerdem habe er, so sagte er, beim Durchsehen von Franks Unterlagen einen alten Tagebucheintrag gefunden. Gedankenverloren sah ich aus dem Küchenfenster. Meine

Freundinnen saßen an unserem runden Garten-
tisch, die Sonne schien heiter auf sie herab und
mich überkam das Gefühl, dass Frank bei uns sein
musste.

Ich lief wieder draußen zu meinen Freundinnen.
Die Saftkanne in der einen Hand, Feder und Papier
in der anderen. Während ich die frische Limonade
zubereitet hatte, war mir eine Idee gekommen. Und
diese tat ich den anderen kund: „Ich habe einen
Vorschlag. Jede von uns nimmt sich einen Zettel
und schreibt auf diesen ihre Ziele für die Zukunft.
Wir packen alles, auch Franks Zettel in eine Kiste
und vergaben sie in unserem Garten. Und in fünf
Jahren treffen wir uns genau an diesem Tag und genau an dieser Stelle und graben die Kiste wieder
aus. Dann sehen wir, welche unserer Wünsche sich
erfüllt haben!"

Eintrag Nr. 52: *Donnerstag, halb zehn am Abend:*

Würde mich gern auf meine Arbeit konzentrieren, aber mir schwirren zu viele Gedanken im Kopf herum. Vielleicht hilft es mir, sie kurz aufzuschreiben mit dem Gedanken, mich morgen darum kümmern zu können. Manchmal fürchte ich, den fünf Mädchen könnte etwas Schlimmes zustoßen bei ihren Ermittlungen. Junge Frauen, die etwas selbst in die Hand nehmen, haben, fürchte ich, in unserer Welt mit heftigem Gegenwind zu rechnen. Doch das scheint sie nicht zu kümmern. Ich bewundere ihren Mut und ihr Durchhaltevermögen. Denn trotz der Strapazen finden sie immer Zeit, füreinander da zu sein. Um Heather mache ich mir am meisten Sorgen. Sie spricht nie von sich, aber man merkt, dass sie etwas bedrückt. Wie gern würde ich ihr sofort einen Antrag machen! Nur das wäre zu überstürzt. Aber wir sind jung, wir haben noch Zeit!   F.

Liebe Harper,

jetzt bist du schon 27 Jahre alt. Ich wünsche mir für dich, dass du es geschafft hast deinen Traum zu verwirklichen, Anwältin zu werden. Schließlich war es dein Vorsatz, anderen Menschen helfen. So wie wir Magret Ciel aus dem Gefängnis befreit haben, so kannst du nun allen helfen, die sonst keine Unterstützung haben.

Vor allem hoffe ich, dass du dich für Frauen und ihre Rechte einsetzt. Auch hoffe ich, dass du weiterhin diese wunderbare Freundschaft zu Willow, Juliette, Heather und Florence pflegst. Und denk daran: Mach dich nicht von einem Mann abhängig! Du kannst alles schaffen!

Deine Harper

Liebe Willow,

wie geht es dir? Geht es deiner Familie gut? Und wie geht es deinen Freundinnen? Sind es inzwischen vielleicht sogar noch mehr geworden?

Jetzt will ich dich einfach direkt fragen: Hast du es geschafft, im Scotland Yard aufgenommen zu werden? Es war immer dein Traum, als Polizistin für Recht und Ordnung zu sorgen. Und ich hoffe, du konntest – auch indem du die Unschuld von Margret Ciel aufdecken konntest – dazu beitragen, Vorurteile gegen Dunkelhäutige abzubauen!

Was auch immer du machst, während du diese Zeilen liest, pass auf dich auf. Viel Erfolg!

Deine Willow

Liebe Florence,

ich hoffe, mein Traum ist in Erfüllung gegangen, mich stark zu machen für all die Frauen, die benachteiligt, unterdrückt und nicht ernst genommen werden. Ich hoffe, meine Pläne, meine Ziele und meine Wünsche, haben sich erfüllt. Wenn ich mein Studium abgeschlossen haben werde, möchte ich mich politisch engagieren, um mich dort für Frauenrechte einzusetzen. Mein größter Traum ist es, eine Studienstiftung zu gründen, um jeder Frau das Studieren zu ermöglichen. Ich wünsche mir so sehr, dass ich glücklich sein werde und ich das Vergangene hinter mir lassen kann, ohne meine Familie dabei zu vergessen. Vor allem aber hoffe ich, dass ich in fünf Jahren mit den gleichen, wundervollen Menschen hier sitzen werde und alles so gekommen ist, wie wir es uns immer erhofft haben. **Deine Florence**

Liebe Juliette,

ich hoffe, du hast etwas aus deinem Leben gemacht. Mein Wunsch war es, als Professorin anerkennt zu werden un jungen Frauen den Weg weisen zu können. Ich möchte die Generation an jungen Frauen, die nach mir kommen, dazu ermutigen, an sich zu glauben und ihr Potenzial auszuschöpfen. Ich will für die Rechte der Frauen kämpfen.

Außerdem hoffe ich, dass ich mich von Vater und Mutter lösen konnte und nicht ihrem Wunsch nachgekommen bin, irgendjemanden zu heiraten, den ich nicht liebe. Und dann sind da natürlich noch meine Freundinnen. Ich hoffe, dass wir immer zueinander stehen werden, so wir das bisher auch getan haben.

Juliette

Liebe Heather,

ich hoffe dir geht es besser. Wir hatten eine schwere Zeit, doch Zeit heilt bekanntlich alle Wunden, auch wenn du Frank niemals vergessen wirst. Er bleibt in deinem Herzen. Hoffentlich konntest du dich vollständig von deinem Vater distanzieren und darfst endlich frei sein -frei von Gewalt und frei von allen Zwängen. Dir stehen nun alle Möglichkeiten offen. Ich hoffe, du hast es nach Wien geschafft, um an der medizinischen Fakultät Psychoanalyse zu studieren. Falls nicht, dann lass den Kopf nicht hängen: Und vergiss nicht: Du bist nicht allein. Du hast fünf großartige Freundinnen, die für dich da sind und mit dir leben. Sie sind nun deine Familie. Denn Familie bedeutet, Menschen zu haben, dir ein Gefühl von Heimat geben. Genau das wünsche ich mir für dich!

Liebe Grüße, deine Heather

Nachwort von Sandra Altmann

Der Roman „Oxford Enigma" ist das Ergebnis der einjährigen Arbeit des P-Seminars Deutsch „Kreatives Schreiben", das im Schuljahr 2023-34 am Gymnasium Marquartstein stattgefunden hat. Der Kurs bestand aus sechs Schülerinnen, besser gesagt Jungautorinnen, die mit viel Fleiß, Geduld und Herzblut innerhalb von acht Monaten einen historischen Roman auf die Beine gestellt und anschließend vermarktet und beworben haben.

Freilich ist der Spaß nicht zu kurz gekommen. Ihre Leidenschaft für Literatur und auch ihre Kommunikationsfähigkeit hat dieses Seminar ausgezeichnet und zu etwas Besonderem gemacht.

Inspirieren ließen sich die Schülerinnen durch die dreitägige Studienfahrt nach Wien zur Buchmesse (begleitet zudem von Bibliothekarin Friederike Muttray und Deutsch-Lehrerin Birgit Bader).

Im Seminar wurde diskutiert, recherchiert, sortiert, konzipiert und korrigiert. Geschrieben wurde zu Hause. Herausgekommen ist ein historischer Roman von etwa 60 Din-A4-Seiten, demnach etwa 200 Buchseiten, dem die Schülerinnen, die sich Calliope Sorores nennen, den Titel „Oxford Enigma" gegeben haben.

Der Roman spielt in Oxford 1878, genau in dem Jahr, in dem erstmals Frauen zu einem Universitätsstudium zugelassen wurden. Vier junge Frauen (Heather, Juliette, Willow und Florence) gehören in diesen ersten Jahrgang und befreunden sich schnell.

Als die Zeitungen von einem Mord berichten und unmittelbar darauf die Frau des Toten als Täterin inhaftiert wird, werden die Freundinnen hellhörig. Sie beginnen selbst zu recherchieren und stoßen auf ein System aus Korruption. Unterstützung erhalten sie von Rechtsmediziner Frank und dem Bäckermädchen Harper.

Der Roman ist aus sechs unterschiedlichen Perspektiven erzählt, ein interessantes, aber auch aufwendiges Unterfangen, schließlich mussten alle Erzählschritte genau aufeinander abgestimmt werden. Heather Dashwood (geschrieben von Phoebe v. Barfus) entstammt einem gewalttätigen Elternhaus. Juliette Symour (geschrieben von Lela Lorenz) sagt gerne direkt, was sie denkt. Dass die Welt von Männern regiert wird, will sie nicht akzeptieren. Willow Besma (geschrieben von Linda Fischer), hat nigerianische Wurzeln und wirkt introvertiert. Zum ersten Mal erlebt sie echte Freundschaft. Florence Greenwood (geschrieben von Helene Jurkat) hat ihre Familie verloren. Sie hat noch immer mit dem Verlust zu kämpfen. Mit ihrer üppigen Erbschaft kauft sie sich ein großes Haus in der Innenstadt von Oxford, in dem sich die Freundinnen gerne treffen.

Harper Asbury (geschrieben von Tessa Pallas) ist die Jüngste. Als Tochter eines Bäckers kommt sie aus einfachen Verhältnissen. Sie kannte den Toten und seine Frau und hat viele Verbindungen, weswegen sie viel zu den Ermittlungen beiträgt. Frank Napier (geschrieben von Luise Stopfer) vermutet von Anfang an, dass die Polizei zu vorschnell ermittelt hat und die Falsche im Gefängnis sitzt. Deshalb setzt er alles daran, Gerechtigkeit für die Witwe zu finden, indem er zusammen mit den fünf jungen Frauen den wahren Mörder sucht. Zugleich möchte er aber auch die Gelegenheit nutzen, Heather näher zu kommen, die ihm seit ihrer ersten Begegnung nicht mehr aus dem Kopf geht.

Der Roman ist Krimi, Frauenliteratur, Romanze und Historienroman in einem und zielt damit auf eine breite Leserschaft.

Ich möchte den sechs Nachwuchsschriftstellerin-
nen meinen Respekt für ihre aufwendige Arbeit
aussprechen. Durch ihr hohes Maß an Durchhaltevermögen, Kreativität, Umsichtigkeit und Genauig-
keit haben sie mit viel Herzblut zu sechst – das ist in
der Tat kompliziert – einen interessanten Historien-
krimi verfasst. Schön, dass das Werk gleichzeitig ein
Aufruf ist, sich gegen Gewalt an Frauen zur Wehr zu
setzen und für Frauenrechte einzutreten.

Sandra Altmann